こんとんの居場所

山野辺太郎

国書刊行会

目次

こんとんの居場所　5
白い霧　141

# こんとんの居場所

# こんとんの居場所

応援しているプロ野球選手のサヨナラホームランの記事が載っているに違いないと思ったのに見当たらず、勝ったはずの試合に負けたことにさえなっているのに憤然となりかけて、そのスポーツ新聞が前日のものであることにようやく純一は気がついた。コンビニのゴミ箱からはみ出ていたのを引っこ抜いてきたものだから、日付が違うなどとぜいたくを言う資格もない。

この日の夕食として折りたたみ式の小さな座卓に載っていたのは焼きそばとスープだった。純一は少しの栄養分をも無駄にしないよう、カップ焼きそばの麺をふやかすのに使った湯を捨てずにお椀にそそぎ、ワカメスープの粉末を溶かすのに流用していた。発泡スチロール容器から湧き上がってくる焼きそばの湯気を顔に浴びながら、嚙みしだいた麺からにじみ出るソースのうま味を堪能し、フリーズドライのキャベツの歯応えを丹念に確かめていた。

紙面をめくる乾いた音、麺をすする湿った音、麺をすする湿った音、紙面をめくる乾いた音、麺をすする湿った音、ワカメスープを飲む濡れた音、紙面をめくる乾いた音……。視線は、プロ野球の試合経過を伝える記事を追ったのち、セ・パ両リーグ打撃成績一覧の数字の羅列のうえでしばし不規則な動きを示してそれらの数値がもたらす微妙な刺激を享受した。そのあとのページはさっと眺めるくらいで、サッカーの記事を素早くすり抜け、ゴルフの記事を勢いよく飛ばし、競馬欄を一気に駆け抜け、求人欄に差しかかった。いつもならここもあっさり通過するところだけれど、このとき純一の視線は迷路に入り込んだように複雑な動きを見せはじめた。学生アルバイトの延長で続けていた引越の仕事を辞めてから、もうだいぶ日数が経つ。

建設。建設。土工。土工。土工。土工。内装。大工。左官。鍛冶。外構。鳶工。鳶。多能工。除染。配管。舗装。解体。運転。ダンプ。営繕。設備。日払。水道。古紙。チラシ。即決。工場。工場。工場。調理。至急。ホテル。店長。新規。警備。警備。警備。タク。寮完備。配達。配達。……細かく仕切られた区画のなかに広告文がぎっしりと詰め込まれ、それぞれの先頭の二、三文字が大きめの活字で組まれて見出しの役目をなしている。そこへ視線を走らせているうちに、急募、という見出し活字のしたに記された、漢詩のできそこないのような三行広告が目に留まった。

渾沌島取材記者
経験不問要覚悟
長期可薄給裸有

唇をかすかに動かして、一音一音をじっくりととらえ返してみる。

こんとんとう、しゅざいきしゃ。けいけんふもん、ようかくご。ちょうきか、はっきゅう、はだかあり。

こんとんとう、はだかあり……。

渾沌島という未知の地名より、取材記者という興味深げな職種より、裸という一文字につい心惹かれてしまった自分自身のふしだらさを恥じながら、純一は三行の真下に横書きで記されていた番号に電話をかけてみるかと思い立った。番号のあとには、募集している団体の略称なのか「ＣＲＣＣ」と書いてある。続いて事務所の所在地らしき「東京・江戸川」との記載もあった。薄給、と明記されているのが気がかりではあったけれど、正直でよいとも思えたし、いまの自分にはそのくらいのところから始めるのがちょうどよいような気もした。それにしたって採用されるかどうかもわからない。

柱にかけた時計を見上げると、夜の十時をまわっている。問い合わせの電話をするには遅すぎる。あしたにするか。もし、あしたになっても気が変わらなければの話だけれど……。

座卓の片隅に、丁寧な筆跡で「石山菜摘」と、さらに「０８０」で始まる携帯電話の番号の書かれた紙切れが置いてある。おとといの夜に訪ねてきた大学時代の友人、吉村から受け取ったものだ。ここに名の挙がっている菜摘自身が、久々に会った吉村と話しているうちに手帳を取り出し、白紙のメモページを破って書き記してくれたという。純一はかつて、菜摘の連絡先を携帯の登録から消してしまっていたのだけれど、記憶におぼろげに残っていた三年あまりまえの番号と変わりはないようだった。電話だったら求人広告のほうより、むしろこっちにかけたい。最近どうしてるんだろうね、って気にしてたぞ、と吉村から菜摘の言葉を伝え聞いた。ほんのひとしずくの言葉が純一にはこのうえなく貴重なもので、干からびた心にじんわりとしみ入ってきた。しばらく人とのつながりもなく、薄暗いアパートの一室で気力なく日々をやり過ごしてきた。菜摘に近況報告をしたいと思いつつ、いったい報告できるような近況というものがあるだろうかと自問する。愛想を尽かされたといってもいい当時と比べ、少しでもマシになったといえるところは……、残念ながら思い当たらなかった。あらためて愛想を尽かされ直すために電話するというのもおかしなことに違いない。まずは仕事だ。純一は菜摘のメモ書きのしたに「ＣＲＣＣ」の文字と「０３」で始まる連絡先を走り書きした。スポーツ新聞をたたんで畳のうえに投げ置くと、発泡スチロール容器の底に残ったキャベツのかけらと麺の切れ端を箸でかき集めて口に運んだ。
リサイクルショップに持っていって食費の足しにしようかと思いつつそのままにしていた十九インチのテレビをつけ、スポーツニュースでプロ野球の試合結果を確かめた。久々に目覚ましをセットし、床に就いたのは日付の替わりかけたころだった。

翌朝、アラーム音が鳴るよりも早く、純一は自然に目を覚ました。日当たりの悪い部屋で、カーテンも閉めきっているため光はほとんど差し込んできていない。頭のなかには、さっきまで見ていた夢の断片がいまにも消え失せそうになりながら散らかっていた。夢とはいえ、菜摘の姿を見たのはずいぶん久しぶりのことだった。消えかけた断片を脳裏でつなぎ合わせて再構成してみると、菜摘がどういうわけか森のなかで樹上のオランウータンにバナナをやろうとしていて、いつのまにかオランウータンになっていた純一が、赤茶の毛に覆われた長い腕を伸ばしてバナナを受け取り、皮をむこうとしたところ、バナナは皮ごと食べるんだよ、と菜摘にたしなめられて、ああそうか、と納得させられているような場面があった気がした。純一は目をしょぼつかせて布団に尻をついたまま、オランウータンだからって皮ぐらいむいてもいいだろう、と言い返したく思ったけれど、目覚めたあとの部屋に菜摘はいなかった。本当に菜摘に会えるのだったら、バナナの皮ぐらい食べてもいい、と思い直した。

八枚切りのトーストを一枚焼いて、うっすらとマーガリンを塗り、薄茶色の焦げ目にカリッと軽快な音を立てて前歯を差し込んだ。だいぶ食べたところで、ちり紙を丸めるように残りをまとめて口のなかに放り込む。頬をふくらませて奥歯と舌で唾液と混ぜつつパンをこねまわし、控えめな甘味とやわらかな食感を楽しんだ。ゴッ、ゴッ、ゴッと喉を鳴らして作り置きの麦茶を飲んでいると、午前十一時、目覚ましが甲高く単調な電子音を響かせた。

三行広告の主に問い合わせをするため、アパートを出た。携帯電話は、ひと月ほどまえから料金滞納で停まっている。梅雨はまだ明けていないのか、七月の空は灰白色の雲に覆われていて、空気がいくぶん湿っぽい。古着と古本と中古CD・レコードを一緒くたに売っている店のまえを通り過ぎ、商店街の狭い路地を抜けて高円寺駅前にたどり着くと、純一は電話ボックスに入った。

折りたたんで持ってきたメモの紙をいざ広げてみると、迷いが生じた。菜摘の電話番号と、CRCCの電話番号。どうして自分は菜摘にではなく、CRCCのほうにかけようとしているのだろう。本当に望むことに少しでも近づくために、あえてまわり道を選択しようとしているのだ。それが人間らしい分別というものだとしたら、人間の皮をいますぐ脱ぎ捨て、前脚と後ろ脚をもつ獣になって望むところへまっすぐ駆けてゆきたい。ほっぺたの皮を指でつまんで引っ張ってみたものの、はがれそうな気配もない。悔しいけれど、やはり自分が人間であることを認めなければなるまい、と純一は分別に引き戻された。

「……センターです」

受話器から聞こえてきたしゃがれ気味の女の声は早口で、なんとかセンターの「センター」だけがかろうじて聞き取れた。

「あの、新聞の求人広告を見て電話したんですけど……」

「ああ、取材記者。それじゃあねえ、面接に来てくださいよ。いまから、来られます？」

ずいぶん急な、と思うものの断るべき事情もない。求人広告には都内の江戸川区に事務所があるらしきことが記されていたけれど、なんとかセンターの女が面接の場所として指定してきたのはチクラというところで、説明によると房総半島のさきのほうにあるらしい。高円寺からずっと東に進んで千葉に出て、そこからひたすら南下してゆくという経路になるようだ。

「高円寺からなら、おそらく四時間かそこらで着きますよ」

と、こともなげに女は言った。かけた電話番号は東京０３で始まるものだったけれど、どうやら女の携帯に転送されているようで、雑音が交じって音声がときどき聞きづらくなる。

「履歴書はいりませんから。恰好もね、わざわざ着替えたりなんかしないで、そのままで来てくださいよ。まあ、覚悟さえ（ガサガサッ）いいですから。時間は、だいたい（ザーッ）しときましょうか」

「あ、ちょっと聞こえなかったんですけど、時間が、なんですって？」

「だいたい、四時ぐらい。電車が一時間に一本だから、逃したら五時ぐらいでもいいですよ。もし、それより遅れそうだとか、やっぱり来るのがやんなっちゃったっていう場合は、必ず電話をくださいね。そうじゃないと、こっちは一年でも二年でも（ザーッガサッ）五年でも待ちつづけることになりますから。いっそ、辞退するんだったらいますぐ言ってもらったほうがいいですねえ。どうでしょう、大丈夫ですか」

「僕は大丈夫ですけど……」

むしろあなたこそそんな調子で大丈夫ですか、と問い返したいところをかろうじてこらえた。女はチクラの駅から事務所までの道順を説明すると、

「じゃあ、お待ちしてますので、どうぞよろしく」と締めくくった。

純一が電話ボックスを出ると、駅はすぐそこにある。乗車用のＩＣカードが手元になく、運賃もわからなかったのでとりあえず券売機で一番安い切符を買い、千葉まで一本で行ける総武線に乗り込んだ。

車内はさほど混んではおらず、立っている人もいたものの、ところどころに空席も残っていた。シートに腰かけて、うつらうつらしながら新宿を過ぎては顔を上げ、秋葉原を過ぎては顔を上げると、そのたびに向かいの席にはさっきまでと違う人が座っていたけれど、車内の混み

具合はさほど変わっていなかった。列車は寝入りかけた純一を乗せていくつかの川を越え、千葉県内に入っていった。船橋。津田沼。なかば無意識のうちに顎を手でこすると、無精ひげがジュッと濁った音を立て、その感触に驚くように純一は目を見ひらいた。着ていた半袖シャツのしわくちゃぶりがあまりにひどいことに気がついて、手製のアイロンとばかりに両手を胸に当て、腹のほうへと押し動かすことを何度か繰り返してみたのだけれど、三十六度そこそこの体温ではなんの効果も得られなかった。せめてくしゃくしゃに見える面積を減らすため、シャツの裾をジーンズの内側に押し込もうかと思ったがやめておいた。

千葉駅でクリームパンと缶コーヒーを買い、内房線に乗り換えた。四両編成の列車に揺られ、ボックス席に座ってささやかな昼食を摂りながら、ぼんやり車窓の景色を追っていた。住宅街を過ぎてなお、東京湾の海面は視界に現れなかったものの、臨海工業地帯の紅白縞模様の煙突や銀色の鉄塔が、田畑の向こうの遠景にいくつも見えていた。四時間かかると言われたときに気づかないでもなかったけれど、帰りのことも考えると往復で八時間はかかるということだ。その道のりの長さが実感されてくるにつれて気分は沈みがちになってきた。いっそ広告で「東京・江戸川」とだけ書かずに「東京・江戸川を渡って三時間半」とまで書いてくれていたら親切だったのに、求人欄の限られた紙面のなかではやむをえないことだったのか。線路の継ぎ目を踏む音を規則的に立てながら、列車は進む。木更津。君津。やがて列車は山林をかすめ、トンネルをくぐり、木立のはざまに見え隠れする海のかたわらを通って、房総半島の南へ、南へと向かってゆく。

湾岸から半島の先端付近を越えて外洋側に出ると、そこが千倉《ちくら》だった。列車を降りて、なんの気なく改札の窓口に切符を差し出すと、ここまでの運賃が二千五百円強であったことが明らかになった。精算を済ませたあとで財布の中身を確かめると、残額は七百いくらにすぎなかった。わずかな蓄えを使いつぶしつつあることに感づいてはいたものの、札入れが空になっていよいよ事態の切迫ぶりが身にしみた。房総半島の奥深くまでうかうかと誘い込まれて、退くに退けなくなってしまった。誘いに乗ったのは自身の判断だったとはいえ、なんとかセンターの女がにわかに毒蜘蛛めいておどろおどろしく感じられてきた。

駅前に立つと、喫茶店や商店がぽつりぽつりとあって静かに営業しているほか、観光案内所の看板が見え、海水浴場への玄関口となっているらしきことがうかがわれたけれど、まだシーズンには少し早い。同じ列車から降りてきた数人の乗客が散ってしまうと、ほかには道行く人影もない。コンクリート打ちっ放しのモダンな駅舎が、閑散とした一帯に不釣り合いなほど立派に見えた。ロータリーに、バス停の標識がぽつんと立っていた。

バスに乗った純一は、座席にかけてしばらく窓外にまなざしを向け、つやを失った暗色の瓦屋根が連なるうら寂しい街並みを眺めていた。ふと、ズボンのポケットから折りたたんだ紙切れを取り出して、目のまえに広げた。純一は、この紙をだいじなお守りみたいに思って見つめていた。十一桁からなる携帯番号を目で追っているうちに、やわらかな菜摘の声が思い起こされ、胸が真っ白な霧めいたものでいっぱいにふくれ上がるような苦しさが募った。

なんとかセンターの女に指定された停留所でバスを降りた。そこから宅地のあいまの細い道を歩いてゆくと、やがて視界がひらけ、港に突き当たった。生臭い潮のにおいがほのかに漂っている。桟橋に小型漁船が並び、少し離れたところにはヨットやクルーザーの停泊する一角もある。港沿いの道に面して、灰色の壁のプレハブ二階建てがあり、そこに「ＣＲＣＣ」と記された小さなプラスチックの表札がかかっていた。腕時計をしていなかったけれど、さっき駅で見た時刻からするとちょうどいまが四時ごろか、それより少し早いくらいだろうと思われた。純一は、上半分がすりガラスになったアルミのドアをノックした。

「どうぞ、お入りください」

電話で聞いた女のしゃがれ声が聞こえた。なかへ入ると、口紅をやけに色濃く塗った中年の女と、もう一人、白髪頭の痩せこけた老人が、細長い木目調テーブルに面して並んで座っていた。女は純一と目が合うと、口の片側を皮肉めいた笑みでゆがめた。純一の身なりがだらしなかったためか、素直に約束を守って姿を見せたことに対してか、それともさして意味のない癖のようなものなのか、純一にはわからなかった。女は、眉のうえと肩のうえで切りそろえられた黒髪のおかっぱ頭をしていて、もし背後から遠目に眺めたなら少女のようにも見えそうだった。

「じゃ、ここにちょこちょこっと記入をしてください」

女は純一を招き寄せつつ、名簿のような用紙をテーブルのうえに突き出した。氏名、住所、電話番号、生年月日を書く欄があり、純一よりさきに三人が記入を済ませていたものの、一人目と二人目の欄には打ち消し線が引かれていた。消されていない三人目の欄には、大井千夜子《ちやこ》とあった。この大井さんという女性も同じ求人広告を見て応募してきたのかな、と思うと純一はちょっと感心した。四人目の欄に氏名を書き、住所を書き、使用停止中の電話番号を書き、生年月日を書いた。他人の情報をむやみに見るのはよくないことだと思いつつ、大井千夜子が自分よりも遠い国分寺からやってきたらしいこと、歳は三つうえであることなどが、書いているうちにどうしても視界に入ってきてしまった。

ボールペンを置くと、女に着席を促され、テーブルから二、三歩離れたところに置かれたパイプ椅子に腰かけて二人と向き合った。

「ええ……、河瀬純一さんですね」と女は名簿を確認しながら、「この生年月日からすると、お歳はだいたい二十五ぐらいですか」

「そうですね、だいたい……二十五です」

だいたいではなく正確に二十五だったけれど、おとなしく女の言葉に従っておくことにした。

「住所は……、第二中村荘。一人暮らしですか」

「そうです」

「今回の応募のことは、どなたかに相談されました？」

「いえ、とくに相談する相手もいませんし……」

「あら……」

と女は同情ともつかないつぶやきを漏らすと、何か確かめ合うように老人に目配せをした。

それから女は純一のほうに向き直り、

「それじゃあ河瀬さん、いよいよ面接らしき質問をしますけど、この仕事に取り組むにあたって、覚悟はどのくらいできていますか」

「覚悟ですか」と純一はだしぬけな問いかけに戸惑いつつ、「そりゃあ、できることはなんでもやりますし、できないことでも一生懸命取り組みたいと思います」

「意気込みはまあ、それとなく伝わってきますね」と女は苦笑めいたゆがみを口の端に浮かべ、「ちなみに、仕事の内容はわかってますか」

「取材記者、でしたっけ」

「そういったお仕事の経験は、これまでありますか」

「いえ、ないんですが……」

続けて何か言いつくろおうかと思ったけれど、出てくる言葉がなかった。

「なるほど」と、沈黙の間を埋めるように女が相槌を打った。「経験不問ですからね、その点はまったくかまいません。ただ、船に乗ってはるばる取材に出かけていくわけですから、それなりに危険も伴うわけですね。そういうことに対する覚悟というのはありますか」

「それはもう、任せてください。覚悟は、あります」

純一には、捨て鉢の覚悟以外に示せるものは何もなかった。危険な目に遭えば遭ったで土産話が一つ増えるというものだ、と心のうちで開き直った。

「じゃあ、僕もちょっと訊くけどねえ」と、それまで眠たそうに座っていた老人がようやく口をひらいた。「広告に、裸有りって書いてあったでしょう。見たかなあ」

「はい、見ました」

「じゃあ君ねえ、裸になることはできますか」

と老人が、無邪気な好奇心を感じさせる目で純一をじっと見すえて訊いた。

「あ、裸有りって、仕事で裸になるっていうことなんですか」

「うん」と老人はうなずくと、「それもね、比喩的な意味で受け取る人もいるんだけど、そうじゃなくて、実際に服を脱いで裸になるってことなんだよ。どうだろう、できるかなあ」

純一は無言で立ち上がり、半袖シャツのボタンをうえから順に外していった。脱いだ上着を椅子に置いて、もう一枚、下着のシャツを引き上げて頭から抜き取ると、色黒の上半身があらわになった。細身の芯を取り巻く機能的な筋肉が、近頃の質素な食生活にも耐えてかすかなおうとつを保っていた。女は厚塗りの口を小さくあけて、老人は両手に顎を乗せて頬杖をついて、純一の振る舞いに目を向けているようだった。だが、二人から明瞭な反応が見て取れなかったので、これでは裸というには不充分なのかと思い、純一は意を決してベルトに手をかけ、留め金を外そうとした。老人が、いままで目をあけたまま眠っていたわけでもなかろうに、ようやく純一の行動に気づいたかの様子で、

「ああ、わかりました」と制止するように片手を純一のほうへ伸ばした。「僕は、裸になれるかどうかと尋ねただけで、いまここで裸になってくれと求めたわけじゃないんだよ。けれども、適性があるということは充分汲み取れました。ねえ竹下さん、彼は合格でしょう？」

老人がそう尋ねると、竹下と呼ばれた女が答えて、

「もちろん、園田先生がおっしゃるなら合格ですよ。おっしゃらなくても合格です。河瀬さん、採用が決まりましたけど、引き受けていただけますか」

「あ、もう決まったんですか。ええと……、やります」と純一は生じかけた迷いを吹き払うように言い放ったものの、払いきれずに、「やりますけど、どんな仕事なんですか。まさか、ワ

イセツな仕事ではないんですよね」

園田先生なる老人が、純一の言葉を受けて、

「ワイセツとおっしゃるけれども、人間とはワイセツ性を高度に発達させた生き物であり、あなた自身もその一員なのだという自覚はもっていますか」

純一がそれに答えるよりもさきに竹下が口をひらいて、

「園田先生、誤解を招くような発言はやめてください」とたしなめてから、純一のほうに視線を向け、「いいですか、我々の仕事はワイセツなどという言葉とはかかわりがありません。いきなり脱ぎだしたり、ワイセツと言い立ててみたり、失礼じゃありませんか」

「失礼しました」

と純一は内心むっとしかけたのを抑えて詫びた。ワイセツな仕事でないというなら、せっかくの合格をふいにしたくはなかった。竹下が言葉を継いで、

「さっきも確認したように、取材記者の仕事です。ご理解いただけますか」

「わかりました。ただ、取材記者といっても、どんなお仕事なのか、もう少し詳しく知りたいんですが……」

「河瀬君、だったかな」と名簿を確かめながら、園田先生は穏やかな口調で、「詳しく知りたいというのはもっともだけれど、明らかでないものを探るのが仕事だからね、それがどういう

仕事になるのかは、僕らにもわからんのですよ。もし、『こんとん』というものがいかなるものだかわかりきっていたら、僕らはわざわざ取材記者なんていうのを雇う必要もないわけだ。そうじゃありませんか」

「はい……。つまり、その『こんとん』というものを取材するのが僕の仕事だということですね？」

「飲み込みが早い。それだけわかれば充分だと思いますよ。ただまあ、うちのセンターの趣旨を知りたかったら、このチラシを見たらいい。いま、ちょっとご覧なさい」

園田先生が差し出すチラシを、純一は手に取った。チラシといっても装飾的なものはいっさいなく、やや黄みがかった紙に、ワープロソフトで打ち出されたと思われる明朝体の活字で文章がつづられていた。純一は突っ立ったまま、文面を目で追いはじめた。

〈こんとん調査保護センター

(Conton Research and Conservation Center)

ごあいさつ　　理事長　早乙女憲治郎

私どもが「こんとん」の調査と保護に着手してから、すでに相当の歳月が経過しております。

こんとん、と仮に呼んでいる存在の実態については、それが生命体であるといえるのかどうかも含めて、不明な点に満ちているのが現状です。珊瑚礁に取り囲まれて洋上に浮かぶ姿は一見して小島のようでもあることから、私どもはそれを渾沌島（こんとんとう）とも称しております。

　こんとんにもし生命があるのだとすれば、考究を進めるに際して、その生存に支障をきたすことのないよう細心の配慮が必要であることは論を俟《ま》ちません。調査と保護の両立の難しさを痛感させられるところです。

　当センターでは、これまでに生物学者をはじめとして、海洋学者、地質学者、中国古典学者らの協力を得て、専門的な見地からの研究考察を重ねてまいりました。一方で、非専門的な見地からの多角的な観察や取材をも積極的に採り入れてきたのが当センターの特長です。一般人の感性による囚われのない視点からこんとんに肉薄し、結果を記録にとどめてゆくこともまた、私どもの大切な使命の一つであると確信しております。

　私どもの活動は、幾多の協力者の無給ないし薄給での献身的な尽力によって支えられてきました。狭隘《きょうあい》な利益追求とは無縁なこの事業を着実に推し進めてゆくため、私どもは常に新たな活力が注入されることを切望しております。探究心にあふれる勇気あるかたがたの参画を心より歓迎する次第です〉

「読んだかい？」

「読みました」と純一は園田先生に答えると、「それで、ちょっと気になる点があったんですけど、『無給ないし薄給』というのはどういうことなんでしょう」

「ああ、それね」と竹下が割って入り、「大丈夫ですよ。きちんとお支払いの用意はありますから。なかにはボランティアでかかわるかたもいらっしゃいますけど、今回はお仕事ということで募集しているわけなのでね。薄給というのも、あくまで理事長独特の言語感覚というのか金銭感覚に照らしてのことですから、実際には任地から帰還したあとで、記事の分量に応じてそれなりのものが出ると考えておいてください。船のなかでは三食のまかないもつきますから」

「そうなんですか。無給っていうのにちょっとどきっとしたんですけど、出るということなら安心しました」

もとより多くを望むつもりもなかった純一は、表情をゆるめてテーブルにチラシを置いた。望むものがあるとすれば、当面の食事と、菜摘と会えることになった場合の飲み代《しろ》と、土産話になる経験と、最小限そんなところで、そのすべてが得られそうだというなら充分ではないか、と自身を納得させるように考えた。理事長なる人物の金銭感覚によっては、それ以上のものがそれなりに得られないともかぎらない。

「河瀬さん、服は着ていいんですよ」

竹下に言われて、上半身裸のままだった純一は、あわてて下着のシャツをパイプ椅子から拾い上げた。袖に腕を通していると、入口のドアのひらく音が聞こえた。

「おかえり」と竹下が入口のほうに声をかけた。「いまから、すぐ出発しますよ」

それはまた急な、と純一は一瞬戸惑いを覚えたものの、いまから長い道のりを帰ってゆくよりは、いっそそのほうがよいとも思えた。そもそも財布のなかには帰りの電車賃さえ残ってはいなかった。

「おっ」と男の声がして、「二人目、決まったんですか」

「ほら、ここにいるじゃない」と竹下が応じた。

純一が、紺地に白い水玉模様の半袖シャツを椅子からつかみ取りつつドアのほうへ振り返ると、口のまわりに黒々と髭を生やした男が立っていた。そのうしろからもう一人、しもぶくれの頬をした男が顔をのぞかせ、竹下に向かって、

「じゃあ隊長、俺らさきに船に行って準備してますから」

二人の男が去ってゆくと、戸口に一人だけ、女が残って立っていた。純一が急いで半袖シャツのボタンを留めつつ気恥ずかしげに軽く頭を下げると、女からこだわりのない笑顔の会釈が返ってきた。ふたえまぶたのしたにある瞳は柔和なようでいて存外見つめる力が強い。笑みのにじんだ口は横幅が広めで、均整のある面差しに個性を添えていた。女は室内に入ってくると、

「隊長のおっしゃってたバーモントカレーなんですけど、売り切れてたんで、別なのにしまし

たよ」

「あなたまで隊長なんて呼ぶんですか。竹下でいいんですよ」と言って、竹下は純一のほうを片手で示すと、「さ、同僚を紹介しましょうかね。こちら、ついさっき決まったばかりの河瀬……ええ」

「純一です」と本人が続きを言った。

「どうぞよろしく」と女は応じると、みずから名乗って、「わたし、チヤコです」

「あ、どうも……」

この人が名簿に載っていた大井千夜子かと思い、このような求人に応募してきたうえに採用までされてしまっているという無鉄砲さに、純一は自分のことはさておき感銘を受けずにいられなかった。


西日のまだ明るいうちに港を出て、船は青黒い海水を二つに切り分けるようにして進んでいた。房総半島の街と緑が遠くに収縮してゆき、やがて海のかなたに没した。

船室は三層になっていた。甲板の高さを一階とすると、ここは居間と台所を兼ねた空間で、向かい合わせのソファーに竹下と園田先生が座ってくつろいでいた。片隅の調理スペースでは、千夜子がジャガイモの皮をむいていて、そのとなりで純一が涙ぐんでいるのは、刻みつつあるタマネギの分泌する成分のためだった。二階には二人の船員が座る操舵席があり、地階には寝室やシャワー室がある。園田先生によると、このクルーザーの名は「ひょうたん丸」というそうだけれど、形はべつだんひょうたんには似ていなかった。

「タマネギは、みじん切りにして入れてちょうだい」と竹下が純一の背中に声をかけた。「どろんどろんに溶けてるくらいがおいしいんですよ」

「はい」

純一は泣きながらタマネギに細かく包丁を入れていった。日が沈みかけ、だいだい色の微光が窓から差し込みだしていた。

「あっ、こぼれた」

まな板のタマネギに涙がかかり、悔しそうに純一がつぶやいた。

「塩味がついて、いいんじゃない？」と千夜子が愉快げに言った。「いっぱいこぼしなよ」

純一は小さく笑って、袖で目元の涙を吸い取ると、また包丁を動かしながら、

「千夜子さんって、スポーツ新聞を読むんですか」

「読まないよ」と応じた千夜子は、質問の趣旨を察したようで、「ただ、インターネットを見ていたら、変わった求人が載ってるっていう書き込みがあって、気になったからコンビニで買ってみた。それで、応募してみようと思って」

「度胸、ありますね」

「度胸というか、破れかぶれだよ。このあいだまでは、命を放棄する方法ばかり調べてしまっていたんだけど、けっきょくそれは踏みとどまって……」

「命を放棄、っていうのは、聞き間違いでなければ、命を絶つってことですか」と純一はおずおずと尋ねた。

「ごめんね、うっかり不健康な話をしちゃって」と千夜子は照れ隠しのように微笑むと、「せっかく作ってるカレーが、まずくなりそうだ」

「カレーのことは心配ないですけど、千夜子さんのことが心配になります」

「ありがとう。でも、大したことじゃないんだよ。ただ、わたしがうっかりしてるっていうだけで」

「でも命を放棄って、もっとも大したことじゃないですか」

純一は、話の流れとはかかわりなく、タマネギの成分にやられてまた涙のしずくをまな板に落とした。

「結果は大したことでも、原因は大したこととはかぎらないじゃない。そんなことより、いまは目のまえのカレーだよ。カレーがおいしくなるような、健康的な話。純一君、何かある？」

「ないですよ、そんなの」と純一は苦笑した。

「純一君は、どうして応募してきたの？」

「俺ですか。まあ、単純なことですよ。まず、お金がない。それから、好きな人に土産話を持って帰りたい……みたいな……」

愚かなことを口走ったものだと純一は自分の言葉に羞恥を覚え、うなだれた。

「ふうん。すごく健康的な話だ」と千夜子が感心したように言った。「これはカレーがうまくなるよ」

「だけど三年以上まえに別れた人なんです。再会できるかどうかもわからない」

「そうか。いまのでカレーにちょっとスパイスが加わったな。どんな味になるのか……」と千夜子が茶化した。

純一が深底の鍋にバターのかたまりを入れて火にかけ、とろけて熱い液体となったところへ生白く湿ったタマネギの細片を落とし込むと、ジャーッと濁った音を立てて白い蒸気が湧き上がった。タマネギがやわらかく角を失いながら透き通った飴色に近づいてゆき、鍋には豚肉が加わり人参が加わりジャガイモが加わって入り乱れ、水が入ってつかのま静まったものの、煮立った泡のはじける音がクツクツと鳴りだし、タマネギがどろんどろんに崩れかけ、ルーで茶色に染められた汁が次第にとろみを帯び、鼻腔を刺激する香りが立ち籠めて、やがて白飯のかたわらにカレーが盛りつけられた。

カレーは二階の男たちにも届けられ、一階では純一と千夜子が、竹下と園田先生とともにテーブルを囲んだ。

「園田先生、質問していいですか」とカレーを口に運ぶ手を休めて千夜子が尋ねた。「園田先生って、いったいなんの先生なんですか」

「何、僕かい？」と園田先生もスプーンを持った手を止めて、「僕は、自称生物学者です。自称というくらいだから、まったくたいそうなもんじゃありません。若いころは、ラフレシアという花の研究をしてましてね、これがまた大きな花で、ま、両手を広げたほどはないが、このくらいはあるかな」

園田先生は頭のうえで両手のさきを合わせて腕の輪を作ってみせた。

「ラフレシアって、すてきな名前ですね」と千夜子が言った。

「そうでしょう。これはね、なかなかユニークな花なんですよ。僕らの知ってる花というのはたいてい、いい香りがする。これは人間にとってそうだし、蜂や蝶にとってもそうなんでしょう。ところがラフレシアというのはね、どういう香りがするかというと、固形排泄物のようなにおいを出しているんだね。まあ、平たく言うと便ですよ、便。大きいほうの便。花びらの色も茶色がかってはいるけど、このカレーの色よりはもうちょっと赤みがあって、白い斑点もある」

園田先生は、竹下から不興げな視線が送られてきたのに気づいたのかどうか、

「まあ、食事の最中にちょっとどうかとも思いますから、ラフレシアのことはこのくらいにしておきますか」

と苦笑いして話を打ち切り、それから黙々とカレーを何口かすくって食べた。

「若いころはラフレシアという花の研究をされて、いまはこんとんの研究をされているというわけですか」

と純一が尋ねると、園田先生がまた話しだした。

「まあ、僕の人生を手短に要約すればそういうことになります。それ以外のこともいろいろありましたがね。しかし、こんとんというのはよくわからんのですよ。チラシに書いてあったと思いますが、生物なのかどうかもはっきりしない。それで、僕以外にもいろんな分野のかたが特別研究員になって調べてくれましたが、はかばかしい結論は出ませんでした」

「こんとんという名前は、中国古典の学者さんにつけていただいたんでしたよねぇ」と竹下が言った。

「うん、そうでした。高峰《たかみね》先生とおっしゃったか、あのかたがつけてくれましたね。いにしえの書物に出てくる渾沌のようなものじゃないかと。これは、目と耳と鼻と口という七つの穴のない存在だったんだね。この渾沌に親切にもてなしてもらった二人の帝が、お礼に七つの穴を

空けてやろうじゃないかと、親切のお返しのつもりで考えたんだな。それで毎日一つずつ穴を空けていったら、七日目に渾沌は死んでしまったというんだね。僕は生物学者だから、古典のことは門外漢ですよ。それで、高峰先生に訊いたんだ。『先生、七つの穴といいますが、人間だったらほかに大きなところで、尻の穴と生殖器の穴がありますね。この二つの穴はどうです。渾沌にはあったんでしょうか、なかったんでしょうか』と。これはずいぶん間の抜けた質問のようだけれども、生物学者の僕としては気になったんだね。何しろ二人の帝をもてなしたというんだから、何かしらの穴ぐらいはあったんじゃないかとも思ったんだ。高峰先生は、僕の愚問にも律義に答えてくれましたよ。『荘子は穴があったともなかったとも述べていません。もっとも、人間には九つの穴がある、ということについては渾沌の話とは別のところで言及されていますが、渾沌に初めから穴があったかどうかについては語られていないのです。個人的にはなかったと思いますが、文献学的には断定しかねます。そもそもこの話を述べた荘子という存在自体、実在したものと伝えられていますが、実態はそれほどはっきりしていないのです。最初に実際の荘子が述べたことがあって、後世の人が、荘子だったらこういうことも述べただろうということをどんどん書き加えていったので、荘子本人が述べたことを完全に特定するのは難しいのです。ですからわたしが荘子のふりをして、渾沌にはもともと穴が一つもなかった、と書き加えればそうだということになるのかもしれませんが、そんなことをしようとは思いません。とにかく荘子の何者たるかについては不確かなところもあるのです。それどころか、一番初めの荘子という存在自体、ことによると架空の人物であったのかもしれません。その場合、荘子というのはもともと実在しなかったということになりましょうか。それとも、最初に荘子という架空の人物を創造した者こそが、のちに荘子と呼ばれるようになった実在の人物である、というべきでしょうか。果たして、荘子自身に尋ねてみたら、こんなふうに答えるかもしれません。〈わたしが実在したか、しなかったか、なんてことはどちらでもよろしいじゃありませんか。わたしはあるとき蝶になった夢を見たような気がしましたが、じつのところ蝶がわたしになった夢を見ているのかもしれないんです〉と。ご質問の趣旨からずいぶん逸れてしまったような気がします。むしろ、園田先生におうかがいしたいのですが、生物学的に考えると、渾沌には二つの穴があったはずだということになるのでしょうか』と、そんなふうに高峰先生はおっしゃいます。僕は答えましたよ。『生き物の穴の数はいくつだと決まっているわけではないので、なんとも言えません。イソギンチャクのように、穴一つで口と肛門を兼ねているようなやつもいます。いずれにしても、古代の文献上の渾沌については調べようもありませんが、現に存在している海洋上のこんとんについては調査の余地がありますね』と」

「それで、調査したらいくつだったんですか、穴の数は」と千夜子が訊いた。

「それが、いまだにわからんのですよ。何しろラフレシアも大きいと言ったが、こんとんはその比じゃない。僕がこう両手をいっぱいに広げてもとうてい追いつかない。この船よりもまだ大きい。何せ、島に見えるぐらいだからね。見えるかぎりで穴は確認できていないんだが、それは見えていないというだけのことかもしれない。しかも、表っかわは大気中に出ているが、裏っかわは海のなかに沈んでいる。これを裏っ返してみることなんてとてもできない。穴があったらあったでよし、なければないでよし。こんとんをむやみにいじくって傷つけるわけにもいかない。調査のためにこんとんが死んでしまっては元も子もない。もともと生きていればの話だけれども」

そんな園田先生の饒舌を聞きつつ、純一は黙々とカレーを食べていた。みずみずしい白米の粒が粘り気のある薄茶色の汁に包み込まれ、それが口のなかで唾液と混ぜ合わされてすりつぶされてゆく。形を失いかけながらかろうじて固体にとどまっていたタマネギの粒も、純一の臼歯にやわらかな歯応えをもたらしつつ砕かれていった。

食後に皿を洗い終えると、純一と千夜子は船室を出て甲板に立った。黒々とした海に、月明かりのほのかな光の筋が浮かんでいる。船尾から白いしぶきを立てながら、海はいつまでも遠ざかることなく純一たちの眼前にあった。二人は船室の外壁に寄りかかるように腰を下ろした。月光に混じって、頭上の窓から漏れる暖色の明かりが、進行方向に背を向けて座る純一と千夜子にうっすらと降りそそいでいた。

「千夜子さんって、裸になるのは平気なの？」

「ん？」

千夜子から問い返されるような反応があると、純一はあわてて補足して、

「園田先生に訊かれなかった？　裸になれるかって。裸の取材記者っていうのも、なんだか変な感じだけど」

「変なのは同感だけど、裸になることに慣れてはいるよ。長いこと、美術のヌードモデルをやってたくらいだから」

「じゃあ、裸についてはは専門家みたいなもんなのか……」

「まあねえ」と千夜子は笑って、「いまはもう辞めちゃったけどね。それとは別に、ずっとベリーダンスに取り組んでいて、ダンサーとしてショーに出たり、ダンス教室の助手を務めたりもしてたんだ。でもそれだけではきついから、モデルとか、ほかの仕事と合わせてなんとかしのいできた」

「ベリーダンスって、どんなもの？」

「実演してあげたいけど、こんなところで踊ったら海に落ちちゃいそうだから、やめとくね。もともとはアラブの伝統的な踊りで、ベリーっていうのは英語でお腹のことだよ。お腹を見せた衣装を着て、もちろん全身を使うんだけど、とくにお腹から腰のあたりをなめらかに動かし

て踊る。本場のエジプトでは、結婚式で披露されたりする晴れやかな踊りなんだ」

「へえ」と純一は実演を観られないことを残念に思いつつ、「エジプトの踊りかあ」とつぶやいた。

「ルーツとしてはまずエジプトだけど、トルコも本場で、それからアメリカで発展を遂げたっていうところもあるんだ。オリエンタルダンスっていう呼びかたもあるけど、東洋とお腹じゃ、広さにものすごく差があるなあって感じる。広いという意味では東洋を超えて宇宙にもつながってる、とか言ったら大げさかもしれないけど、狭いという意味ではお腹のなかでも丹田っていうのかな、気が集まってくるところに意識を向けて……、まあ、語りだしたらきりがないけど、そんな踊りなんだよ」

「そのベリーダンスと、ヌードモデルをかけ持ちしながらやってきたわけだ」

「そうね」と千夜子が応えて、「モデルのほうは、美大に行った友達に頼まれたのがきっかけだったけど、そのうち美術モデルの事務所に登録して、けっこう続くことになったんだ。向いてたのか、向いてないことに気づかなかったのか、どちらかだけど」

純一がちらりと横目をやると、暗がりのなかに千夜子の輪郭がかすかな光に隈取られてそこにあった。ノースリーブのシャツに、タイトな七分丈ズボンを穿いた千夜子の装いには飾り気がなかったけれど、そのぶん、彼女自身の形のよさとでもいうべきものが浮き彫りになっていた。ゴムで束ねられた黒髪が、もしもほどかれて水に濡れていたなら、岩場でつかのま憩う人魚のようにも見えかねないと純一には思えた。ふと、取材記者の練習を始めるようなつもりで尋ねた。

「長年ダンスをしつつモデルもやってきた千夜子さんが、どうして仕事を変えていまこの船のうえにいるのか。そのあたりのことを聞いてみたいんだけど」

「そうねえ……」と千夜子ははにかんだように微笑むと、「そう言われたら、むかし持ってた絵のことを思い出した」

「どんな絵?」

「ハイビスカスの花柄の服を着た……、でも、その絵に行き着くまでに、いろいろあったんだ」

「じゃあ、それを全部、聞かせて」

千夜子は一瞬の沈黙ののち、踏ん切りをつけるようにうなずくと、語りはじめた。

＊＊＊

**ハイビスカス**

友達から美術のヌードモデルをやってほしいって頼まれて、最初はちょっとためらった。ベリーダンスをやっていて、露出の多い恰好をすることはあったけど、ヌードとなると話は違う。それでも引き受けることにしたのは、絵描きをしていた父の影響で、なじみのある世界のような気がしたからかもしれない。ただ、父が描《か》いていたのは裸婦像じゃなくて、風景ばかりだったんだ。どうして人物を描かなかったのかはわからないけど、母が言うには、人と接するのが苦手で、人が怖いからだろうって。

父は絵描きといっても、それで生計が成り立っていたわけじゃなかった。長続きしない仕事を転々として、母の稼ぎに頼ったりもしながら、空いた時間があれば一人でスケッチブックを持って出かけていった。たいてい山に行って、せっせと自然の景色を描いていた。森林の絵が多くて、そこに鳥が飛んでいたりいなかったり……、いや、ほとんど飛んでいたんじゃないかな。記憶違いかもしれないけど。とにかくしょっちゅう絵を描きに出かけていて、あとは酒ばかり飲んでいたら、肝臓を傷めて早死にしてしまったんだ。わたしが高校生のときだった。

葬儀が済むと母は、遺された絵をすっかり全部ゴミに出してしまった。きっと、この絵のおかげで苦労をさせられたっていう怨念めいた思いもあったんだろうな。葬儀を出すお金もなくて、母方の祖父母からの助けでなんとか切り抜けたほどだった。せめて一枚ぐらい、火葬場で一緒に燃やしてあげるなんてことができなかったのかなって思ったけど、母に言わせれば、燃えるゴミに出したんだから、燃やしたことには違いないでしょ、って……。父にとって「人が怖い」っていうときの「人」の筆頭に位置していたのが、母だったのかもしれない。全然怖くないはずの娘のわたしでさえ、その「人」の一員だったんじゃないかって思うと、悲しいなあ。

父のことがあって、わたしは絵画に興味があるというよりは、どうして人生を棒に振るようにしてまで絵を描きつづける人というのがいるんだろう、ということに密かな関心があったんだ。それで美術モデルの仕事に定着したような気がする。

美術の道を極めていって、うまくいく人だっていると思う。ただ、そうじゃない場合、どうしたらいいのかっていうのは難しい。うちの父のような生きかただってあるんだろうけど、あんまりお勧めできる人生とも思えないし、だったらいっそ早めに絵筆を折って、もっと適性のあるほかの仕事に身を入れたほうがいいっていうことだって、きっとあるんだ。もちろん、そんなことは余計なお世話でしかないから、絵描きの学生さんたちをまえにしたとき、わたしはただ、モデルとしてしっかり仕事をしよう、としか思ってなかった。でも、特別に気になる人がいて、その人が絵描きだったりすると、余計なことを考えてしまったりもして……。ある意味で仕事上の関係ということだから、本当はきっちり線引きがないといけないところだったんだろうけど。

わたしにとっては、美術品よりも人間の体そのもののほうがよかったんだ。男の人の硬くてごつごつした肋骨や腹筋もいいけど、女の人のやわらかくて張りのある胸やお尻もいい。きれいな絵描きさんがいると、わたしが裸になるんじゃなくて、この人の着ているものを全部脱がしてみたいなあって、そんな不謹慎なことを考えてしまうことはしょっちゅうあった。つき合うところまで行ったのは、男の人が三人。残念ながら絵の腕前が飛び抜けているという人はいなかったけど、好きになってつき合ううえでは、そんなことはあんまり関係なかった。むしろ絵にばかりのめり込まずに、わたしと一緒に過ごす時間を増やしてくれたらうれしいって思うくらいで。最初の二人とも、けっきょく絵はほどほどにして、サラリーマンになっていったな。そうなると、なんだか患者さんが元気になって退院していくのを見送る看護師さんになったみたいな感じがした。ほっとして、もう自分の役目は終えたっていうさばけた思い……、それで別れたようなものだな、二人とも。三人目……最後の一人は、ちょっと違ったけど……、まあ、死ななかっただけよかったんだ。

最後の一人は、夜中に泥酔してマンションのベランダから落っこちて、入院して、それから故郷に帰っちゃった。見舞いに行ったときの彼の言い分がまた馬鹿げていてね、干そうとしたわたしの黒いパンツが手からすべり落ちて、それをつかもうとして自分も一緒に落ちてしまったって。確かに、彼の部屋に下着を忘れていったことはあった。ちょうど新しいのを買った日に泊まって、脱いだのを置いていってしまったんだ。それを洗ってくれたのはありがたいと言ってもいいし、ベランダから落っことしたというのも本当だったみたいなんだけど、どうしてわたし、パンツの話なんてしてるんだろう。まあ、いいか。

その彼、俊介っていうんだけど、まじめな子ではあったんだ。二年浪人して美術系の大学に入って、いつも絵のことばかり考えていて、夢中になるとコーヒーだけ飲んで丸一日食事も摂らずにカンバスに向かっていたりしてね、あばら骨の浮き出た痩せっぽちの体をしていた。わたしがときどきそとへ連れ出さないと、絵筆を持ったまま飢え死にするんじゃないかっていうくらいの打ち込みようだった。それが、卒業後の進路を考える時期になって、絵ばっかり描いてたって飯は食えない、就職しなくちゃ、ってことになって脳味噌のふだん使い慣れない部分ばかり集中的に働かせたせいか、オーバーヒートしてヒューズが切れたみたいになってしまったんだと思う。それで、パンツ事件が起こったんだ。

いつもお酒なんてほとんど飲まない人だったのに、急に飲みだすようになって、わざわざ泥酔しているときにベランダに洗濯物を干しに行くなんて……。きっと、死のうと思っていましたって言うのが恥ずかしいから、恋人のパンツをつかみそこねてうっかり転落したかのような装いをしたかったんだと思う。そういう妙な恥ずかしがりかたをする人だったんだ。でも、ベランダから落っこちたって言ったって、俊介の部屋は四階だった。そのくらいの高さじゃ、なかなか死ぬものじゃないんだよ。しかも庭の植え込みに引っかかって衝撃が弱まったものだから、それほどひどい怪我でもなかった。ある意味で、俊介は意気地なしだった。でも、そのおかげで生き延びたんだから、意気地がなくてよかったんだ。

けっきょく俊介は学校を辞めて、徳島の親元に帰っちゃった。俊介が言うには、自分一人のことさえきちんとできない人間になってしまったから、まず故郷で休養して、ゼロからやり直したいんだって。それで、わたしたち別れることになった。徳島って阿波おどりの本場でしょう？　わたしもダンサーのはしくれだから、俊介が徳島で就職して向こうで一緒に暮らすことになってもけっこううまくやっていけるんじゃないかって、そんな気楽なことを考えていた時期もあった。だけどそういうわたしの気持ちが、俊介には重荷になっていたのかもしれない。それで、解放してあげなきゃいけないんだなって、納得したんだ。わたし、絵描きの卵を抱くと、かわいがってるつもりでつぶしてしまうような人間なんだって思えて、モデルの仕事は辞めることにした。もっと早くに、俊介に出会うまえに気づくべきだったのかもしれないけど。

気持ちに区切りをつけるために、むしろ俊介を嫌いになることができたらいいのかもしれないと思って、彼の欠点を心のなかで数え上げてみたりもした。気が弱くて人見知りが激しいところ、一つのことに没頭して周りが見えなくなるところ、自分で自分を否定してしまうところ……、そうやって数えていくと、そういうところがわたしは好きだったんだって思えて、逆効果だったな。それでも、ベリーダンスのほうに力を入れたり、温泉めぐりをしたりして、気持ちを切り替えたつもりだった。ただ、あるときふと、俊介みたいに高いところから落っこちるっていうのはどういうことなんだろうって、気になってインターネットで情報を調べだしたんだ。一人暮らしのワンルームで誰にも会わずにひたすら調べつづけているうちに、いつのまにか、命を終わらせるいろんな方法に目が行っていて、それを実践したがっている気持ちが自分のなかで日増しにふくらみつつあるのが感じられて、そんなのは自分でも馬鹿げてるって思いながら、わたしこそ消えたい、自分を消してしまいたいって……、でも不健康を徹底することはできなかった。体のなかに渦巻いているエネルギーみたいなものが、そんな状態をいつまでも許さなかったんだ。

わたしの手元に、俊介が描いて贈ってくれた絵があった。わたしの名前と同じく「千夜子」っていう題の油絵なんだけど、ふと思い立って、クローゼットにしまってあったのを引っ張りだしてきた。薄緑色の背景に、けだるく横たわった女の姿が、小ぶりのカンバスにえがかれていた。自分を消す代わりにこの絵を燃やそう、って思ったんだ。背景は、俊介の部屋の畳の色のようでもあったし、この世界のどこにもない空間のようでもあった。絵のなかの女は、紺色の地に真っ赤なハイビスカスの花柄があしらわれたワンピースを着ていて、なんだか燃やすまえから燃えているような、赤みを帯びた肌をしていた。

これを、どこでどうやって燃やせばいいのか……とぐずぐず迷っているのも耐えられなくなって、あれは夜中の三時過ぎだったな、新聞紙に絵をくるんでガムテープで閉じてから、燃えるゴミの詰まったポリ袋のなかに突っ込んで、そのまま収集所に出してきてしまった。俊介と一緒に過ごしてきた千夜子は、これで処分されるんだ……。ベッドのうえに身を投げ出して、朝まで一睡もできなかった。

清掃車のエンジン音がマンションへ近づいてきて、ゴミ袋を積み込んでいく音が聞こえだした。ゴミ袋のなかの千夜子が鉄の回転板に押され、荷箱のなかへと詰め込まれていく。カンバスの木枠がへし折られて千夜子が悲鳴をあげる。もっと苦しめばいい。これからおまえはわたしに代わって焼却場の炎のなかで燃え尽きていくんだ。焼かれながら、踊るがいい。わたしはタオルケットに頭まですっぽりとくるまって身じろぎもせず、息をひそめていた。清掃車の遠ざかっていったあと、なおも耳を澄ましていると、ささやかに鳴き交わす鳥の声が聞こえてきた。

＊　＊　＊

千夜子はさらに言葉を継いだ。

「……区切りをつけて、そこからどう生きていこうかと思ったときに、いったん休業していたダンスの仕事を再開するよりも、いっそまったく違う方向に自分を向けてみようかという気になって、いまこの船のうえにいるんだ。別れてからまだ一年にはならないけど、だいぶ経ったようにも感じるなあ……。なんだかパンツのこととか、ろくでもないことをずいぶんしゃべっちゃったね」

「黒いパンツはその後、手元に戻ってきたの？」と純一は尋ねた。

「けっきょく、戻らなかった。マンションの一階の庭に、俊介と同時に落ちたはずだと思って、思い切ってそこの住人を訪ねて訊いてみたら、確かに庭の木に黒いものが引っかかってるのを見た気がするけど、ほっといたらすぐになくなってしまったって。いまごろカラスの巣のなかで敷布団になっているなら、それでもいいんだけどね。どこへ行っちゃったんだか……」

千夜子がふと、立ち上がった。すると空気がかすかにあおられて、千夜子の体から気化した汗のような微香が匂ってくるのを純一は感じた。千夜子は船べりに両手をつくと、顔を乗り出して海面をのぞき込む様子だった。船室から漏れてくる明かりと月の光に照らされて、生成り色の布地にくるまれている千夜子の大きな尻が、視界にひときわ浮き上がって見えていた。きれいな人がいると「着ているものを全部脱がして」みたくなる、というさっきの千夜子の言葉を純一はぼうっと思い返していた。千夜子はいったい何を見ているのだろう。闇にふさがれた海面に、何があるというのだろうか。

「ねえ、白い泡が見えるよ。でも、泡しか見えない」

千夜子が純一のほうを振り返ってそう言った。純一がうなずき返してみせると、千夜子はまた魅入られたように海面のほうへと顔を傾けていった。千夜子の尻にぼんやりと目を向けているうちに、パンツを追って夜空に飛び出した俊介君に対する親近感が湧いてくるのを純一は感じていた。わざとやった、というほど作為的なものではなかったのではないか。パンツに引っ張りこまれるようにしてベランダの柵を越えてしまった、という感覚だったのかもしれないけれど、実際のところは俊介君に訊いてみないとわからない。いずれにしても、彼がそのとき追うに値すると思ったものを追って落下したなら、それでよかったのではないか。

ひるがえって俺はどうだろう、と純一は自身を省みた。俺だっていま、菜摘を追って無謀な旅路に身を投じているのではあるまいか。別れてから三年あまり。それだけの時間が流れるあいだに、見かけはたいして変わらないとしても、人間の体を構成する分子は新陳代謝によってあらかた入れ替わっているのに違いない。当時とは違う、新しい体になっている。それは自分だけでなく、菜摘にしても同じことだろう。それなら、むかし恋人だった人ではなく、これから恋人になるかもしれない人として相手を思い、思うだけでなくその人と新たに出会いたかった。

ふと、千夜子の頭が海に向かってぐっと突き出され、上体が船べりからそとにせり出してゆくのが目に留まった。純一はとっさに駆け寄り、千夜子の肩を両手でつかんで引き戻しかけた。そのとき、千夜子の口から低いうめきとともにどろりとした流動体が吐き出され、白く泡立つ海面に散った。千夜子が身を乗り出したわけを悟った純一は、両肩をつかんだ手のうち片方を背中にまわしてさすった。千夜子の体が細かく身震いしたかと思うと、ふたたび喉元へこみ上げてきたものが吐き落とされた。純一が背中をさすりつづけると、また千夜子は苦しげにうめき、今度は少しだけこぼれ落ちたものが海上の泡に紛れて消えた。

「ごめんね」と千夜子が海に顔を向けたまま言った。「恥ずかしいところ見せちゃって……」

つんと鼻を刺す酢のようなにおいを感じて、純一は触発されたみたいに酸っぱいものを口のなかに感じた。もともと船酔いの気配を体内に飼いならしていたのだけれど、これを機に耐えきれなくなり、喉から千夜子よりももっと太いうめき声を漏らして消化途中のものを海に撒き散らした。千夜子の手に背中をさすり返されながら、純一は何度か撒き餌を繰り返した。

「俺も、恥ずかしい……」

そうつぶやいて純一が苦笑すると、千夜子もおかしそうに笑い声を漏らした。せっかく作ったカレーを海に流してしまったのは残念だと純一は悔やんだけれど、体から出るものが出てしまうと気分の回復は早かった。

ひょうたん丸の地階には、天井の低い寝室が三部屋あった。そのうち船員用を除いた二室は似たようなつくりで、狭い室内の大半をダブルベッドが占めていた。純一が自分の寝るほうの部屋をのぞいてみると、壁際の手狭な机のうえにノートが置いてある。いったん居間に戻って園田先生に尋ねたところ、自由に使ってよいとのことだった。

ノートをめくると真新しくて、かたわらにあった筆入れのファスナーをあけてみたらシャープペンや消しゴムなんかが入っていた。純一は一人、寝室の机に向かうと、さっき聞いた千夜子の話を書き留めておくことにした。まず、題名をつけようか。考えたすえ、「ハイビスカス」と書き入れる。シャープペンを何度か往復させて、心持ち題名の文字を太くした。それから本文を書きはじめた。なかば千夜子に成り代わって一人称でつづってゆく。純一がそんなことをしているあいだ、千夜子は居間で過ごしていたり、シャワーを浴びたりしていたようだった。やがてノートを閉じると、純一もシャワーを浴びた。

用意されていた浴衣を着て、千夜子は竹下と同室し、純一は園田先生と同室して消灯した。このような組み合わせではダブルベッドの意味がないとはいえ、男女別室というのは公序良俗にかなっているのでしかたがない、と純一は納得しながら園田先生のとなりに横たわっていた。そとでは雨が降りだしていて、海面を打つ雨音がかすかに耳に届いていた。ふと思い出したことがあって、純一は闇のなかで口をひらいた。

「園田先生、一つお訊きしてもいいですか」

「一つだけでいいのかい？　どうぞ、どうぞ」

純一はまた新米取材記者の気分になりつつ、

「夕食のときに話題にのぼったラフレシアのことなんですけど、いまだったらもっと詳しくおうかがいすることができますか」

「ああ、いいとも……」という返事に続いて、園田先生の話が始まった。

＊＊＊

## ラフレシア

ボルネオのジャングルのなか、山裾の少し標高の高いところに、ラフレシアの花はひっそりと生えています。ボルネオといったら、いまじゃ北はマレーシア領、南はインドネシア領、それから北西の一角にはブルネイという国もある、ずいぶん広い熱帯の島です。あそこでは石油が採れるということもあって、かつての戦争の時分には日本軍が進駐しておりました。いくさの相手方は、連合国側のアメリカ、イギリス、オランダ、オーストラリアといったところです。僕の父も一兵卒として南方戦線の一角をなす北ボルネオへ送られました。

父はもともと百貨店に勤めていまして、ひょろっとした体つきの男でした。僕が幼かったころ、裏庭で一緒に栗を拾ったのを覚えています。トゲに覆われているのを父が踏みしだいて、出てきた中身を僕に拾わせてくれたんです。集めた栗は母がゆでておやつにしてくれました。硬い皮のついたまま、包丁で半分に切ったのをスプーンですくって食べたものです。父も一緒になって食べながら、「かつては甘栗といううまい栗が売られてたんだ。食わせてやりたいなあ」と言っていました。甘栗に使う栗は日本のものとは品種が違って大陸産のものだったのですが、戦時下で輸入が途絶えていたのです。

当時の僕からすれば父は大の大人でしたが、いまになって振り返ってみると、まだ若い、どこかあどけなさの残る顔立ちが思い起こされます。その父が、赤紙を受け取って召集されまして、出征したときには僕は数え年で七つ、満六歳ぐらいだったのか、国民学校の一年生でした。旗を振って父を見送り、のちに戻ってきたのは、ただ父の名前の書かれた紙切れを納めた、骨のひとかけらさえ入っていないうつろな骨壺だけです。

広大なボルネオ島の道もないジャングルのなか、東海岸から西海岸へと抜ける数百キロを転進するよう命じられ、ぬかるむ地面に足を取られながらの行軍途中、父を含めて所属部隊の多くが落伍して、餓死か、マラリアか、赤痢か、そうしたことであらかた命を落としたのです。敵の上陸に備えて守りを固めるためになされた行軍だったのですが、作戦の決定は、現地から遠く隔たったところでジャングルの実相を知らずに下されたものでした。この作戦によって英豪軍の捕虜も収容所からの移動を強いられて、多数が犠牲になっています。父が飢えにさいなまれ、あるいはマラリアの高熱にうなされ、赤痢の頻繁な血便に苦しめられながら息も絶え絶えだったとき、脳裏には祖国の命運よりも、ただ本土に残してきた妻子の姿があったのではないか。そんな気がするけれども、うかがい知ることはできません。戦後になって生き残ったから聞いた話では、栄養に乏しい兵士たちの体にずんぐりとした山蛭《やまびる》たちが取りつき、容赦なく血をすすって赤々と輝いていたといいます。傷口には生っ白い蛆《うじ》が群がって、膿《うみ》や腐肉をむさぼっていたと。夜に土砂降りの雨に打たれて体温を奪われ、そのまま目を覚ますことなく冷たくなっていった者たちもいました。

果たして、父のひょろっとしたあの肉体は、どこへ行ってしまったのか。僕には不思議でしようがない。ジャングルの奥地で土に還ったのかもしれないし、そこから養分を吸った草木がいまでもどこかに生い茂っているのかもしれない。そう考えるとねえ、生きているのやらいないのやら、なんだかわからなくなりますよ。

もう僕はずいぶん年老いましたが、ラフレシアの研究に取りかかったのは若くて体力もだいぶあったころです。ボルネオの海岸の街を発って内陸に入り、フタバガキやメンガリスの高木なんかが生い茂ったジャングルに分け入っていきました。僕の主たる研究対象じゃなかったけれども、蘭のたぐいもよく目にしましたし、食虫植物なども大いに魅力的でした。木々を見上げると、カニクイザルだのテングザルだのが枝から枝へと渡り歩いていることもありました。樹上に寝床を作るためにオランウータンが枝を折っている音を耳にして、その毛深い姿を遠目に見かけもしました。

かつて話に聞いた山蛭にもずいぶん出会いましたよ。ぼとっ、ぼとっと無遠慮に木のうえから落ちてきて、背中に這い込んだりしましてね。あれは無理にはがそうとしても痛いばかりだけれども、エサを吸うだけ吸って赤ん坊の唇ほどの大きさだったものがタラコ唇ほどまでふくれ上がると、自分からまたころっと落ちていくんです。避けようったってすっかり避けきれるものじゃないから、最初から山蛭に吸わせるつもりで余分に血を蓄えていくしかない。

そんな探索のさなかにジャングルのはざまの集落に出て、高床式の家から顔をのぞかせた老人に呼び止められたことがありました。ある部族の小さな村で、老人はそこの村長でした。僕と同じぐらいたどたどしい英語を話す長老でしたよ。珍しい異国の客をもてなそうと思ってくれたようで、僕はありがたく家に上がってコーヒーをいただきました。「日本人が通りかかるのは戦時中以来のことです」と長老は言いました。「かつて、兵士たちが差し出す煙草や日本のお札と引き替えに、キャッサバやバナナを提供したものです。煙草は吸ってしまったけれども、お札は残っています」と語り、部屋の奥から茶色く変色した軍票を持ってきてくれました。日本のお札といっても占領地の通貨単位に合わせて刷られたもので、このとき拝見したのは日本政府発行のドル紙幣でした。「いまとなってはただの紙切れになってしまいましたね」と申し上げたら、「当時からただの紙切れでしたよ」と長老は微笑んでおられました。僕はマレーシアの紙幣を取り出して、「これと交換してもらえませんか」と申し出ましたが、「いやいや、記念の品ですから」というのが返答でした。「ところであなたはなぜ、むかしの日本兵のようにこんなジャングルのなかをさまよっているんです？　見たところ銃は持っていないようだし、飢えてもいないようだが……。遺骨の収集ですか」と長老に問われましてね。「違います。ラフレシアを探してるんです」と答えたところ、「変わったものをお探しですね」と笑っておられました。それからまた探索を続けるべく、長老の家を出たのでした。

僕の求めるラフレシアというのは、茎もなく葉もなく、地面から直接顔を出して咲くんです。あれは半年以上も黒ずんだ鉄球のようなつぼみの姿でじっと身をひそめていて、ひとたび赤茶の巨大な花弁をひらけば一週間のうちに枯れ果ててしまうので、やすやすとお目にかかれるものじゃありません。キナバル山《さん》の裾野を幾日も探し歩いて、ようやく出会えるかどうかといったところでした。

この花は便にも似た腐臭を放ちます。においがとくに強く漂ってくるのは咲きはじめのころでして、それでどういうことが起こるかといえば、蠅が寄ってくるんです。蠅のやつらは、食事にありつけそうだと思って来るんでしょう。連中が雄しべに触れたり雌しべに触れたりしてくれれば、ラフレシアにとっては受粉ができます。これは花にしてみたら、生殖行為を蝶に手伝ってもらうか、蜂に手伝ってもらうか、それとも蠅に手伝ってもらうかということでしかない。それをいいにおいだとか悪いにおいだとか言っているのは人間なんであって、蠅にとってはこれこそ魅力的なにおいなんでしょう。そもそも地面というものには動物の排泄物やら死骸やら、枯れ葉や倒木なんかもだけれども、生き物の腐ったようなものが溶け込んでいるんです。そういうものを養分として吸って育った植物から甘い香りがするなんていうことのほうが奇妙なんであって、何を気取ってやがる！　という気が僕なんかはしてしまいますよ。その点、ラフレシアというのはもっとも素直に、吸い取ったものをそのまま吐き出しているようなものでした。

この花を見つけると、僕はたかっている蠅どもに入り交じって身をかがめ、花のまんなかのくぼみに、言うなればラフレシアの口、いや、尻の穴に、顔をうずめて思う存分、においをかぎました。ああ、くさくていいにおいだねえ、と語りかけながら。そんなときには僕も蠅になった気分がしましてね、実際のところ、一瞬だけ背中に透き通った羽が生えたこともありました。

＊＊＊

園田先生はそこまで話すと、

「……河瀬君は、起きているのかな」と尋ねた。

「起きてます。蠅になったお話、ありがとうございました」

園田先生の穏やかな語り口が子守歌の役割を果たしたものか、純一の相槌が、話の途中で寝息にも似た深い呼吸に変わっていたことは確かだったけれど、何を気取ってやがる！　のところで意識のゆるみがすっかり張り伸ばされていた。

「訊きたいことが一つしかないというから、その分、長く答えてしまったよ」

そう聞いて純一は申しわけなさそうに、

「じつはもう一つ、お訊きしたいことがあるんですけど……」

「ああ、いいとも。二つめは手短に答えることにしよう」

「早乙女憲治郎さんって、どんなかたですか」

「むしろこっちが訊きたいんだが、さおとめけんじろうとは、誰だい？」

純一は意表をつかれた思いで、

「理事長ですよ、ＣＲＣＣの。きょう、園田先生に見せていただいたチラシにお名前がありました」

「そうでしたか。君はあれかい、街を歩いていて選挙ポスターを見かけると、その名前を覚えてしまうような人間かい？」

「そんなことはないですけど……」と苦笑交じりに純一は言った。

「さて、質問に手短に答えるんでした。『僕の弟です』と、これが答えです。よろしいかな？」

「弟さん、でしたか」と純一は当惑をにじませながら言うと、「できれば、もう少し詳しく……」

「わかりました。それなら、もう少し」

と言って園田先生が語りだした。

「弟は、縁あってさる実業家の娘のところに婿入りしましてね、義理の父のあとを継いで海運業を営んでいたんです。がむしゃらに働いて、会社を大きく育てていきました。あるとき、会社の船の乗組員が、新航路開拓のための探索の途上、気がかりなものを見かけたというんです。そんな報告を弟が受けて、新種の生き物かもしれないということで僕に相談してきました。折しも過労がたたったか、弟は腸の病気で入院することにもなりまして、働きづめの生きかたを見直さざるをえなくなったんです。人間は自然のなかに包まれて生きながら、人間のなかに自然を養ってもいるのだと、そんなことを口にするようになりました。弟は僕の五つ年下ですが、それでももう七十のなかばに近い。本業からは引退しています。早乙女憲治郎というのは、彼が本業と区別して名乗った仮の名なんです。僕は彼のことを早乙女さんなんて呼んだことはありません。早乙女憲治郎という人物は、実在するともしないともいえるでしょう。さて、こんなところで答えになってますか」

「ええ、ありがとうございます」

「河瀬君もきょうは疲れたろう。ご苦労だったね。それじゃあ、おやすみ」

「おやすみなさい」

穏やかな雨音の響くなか、ほどなく純一は眠りへと導かれていった。

ぼとっ、ぼとっ、と音がしていた。ぼとっ、ぼとっ……。ジャングルの湿った林床に横たわり、ぬめぬめした山蛭たちに取りつかれて意のままに血を吸われる感触の不快さに目を見ひらいた純一は、闇のなかにいた。両手で体をまさぐってみると、山蛭の気配はどこにもなく、床に就いたときと同じ浴衣の手触りがあったので安堵したものの、山蛭の赤々と肥え太った姿が脳裏にいくつとなく揺らめいて、不快な後味を持続させていた。誕生ケーキのろうそくの火を吹き消すように強く長く息を吐いてその残像を一掃すると、ふたたび眠ろうと努めた。耳を澄ますと、降りつづいていた雨はすでにやんでいるのか、雨音は聞こえてこなかった。なかなか寝つけないまま、純一はおぼろな頭で考えごとを始めた。もしも自分が将来、菜摘と結ばれるようなこととなり、子供も一人、二人と生まれ、そのとき国家が召集令状を撒いて国民を戦争に動員するような体制になっていたなら、自分はそれを拒むほどに強い意志を発揮できるだろうか。そう自問して、しかり、と答える自信はなかった。きっと自分は戦地に赴き、銃を撃つ機会が訪れぬことを願いつつ、やがてジャングルのなかで飢えに苦しみ、菜摘と子供たちの姿を思い浮かべながら息絶え、朽ち果ててゆくのだろう。かかる事態を食い止めるために、どうするか。菜摘と子供たちとともに、静かに生き延びてゆくために……。いや、そこまで先走るまえに、まずは菜摘との再会だ。そんなことを思ううちに、意識はゆるやかに薄らいでいった。

翌朝、千夜子が純一と顔を合わすなり、

「きのうは目がさえてなかなか寝つけなかった」と嘆いて、両手を組んで大きく伸びをした。

船内には古着が何着か積まれていて、サイズはまちまちだったけれど、なかには純一や千夜子の体に合うものもあった。それらを身に着けた純一と千夜子は、朝食後に、地階の洗面所に据えつけられた洗濯機で六人分の衣類やタオルを洗った。

水気を含んだ洗濯物をかごに入れて純一が甲板まで運んでゆくと、厚ぼったい雲が水平線に引き寄せられて、上方には淡い青空が広がっていた。板張りの床は前夜の雨の名残でいくらか湿り気を帯びている。さきにそとに出てひもを張っていた千夜子が、

「純一君、何かスポーツやってた？」と尋ねた。

純一は身をかがめてかごを甲板に置きながら、千夜子を見上げた。

「筋肉のつきかたが意外にしっかりしてるから……」と言い足した千夜子は、古着の黒いTシャツ一枚を着た純一の腕のあたりに目を留めているようだった。

「中学から大学まで、意外に野球をやってたよ」と純一が応じた。

「バント要員だったの？」

と千夜子から問われた純一は、無意識に送りバントの姿勢をとっていたことに気がついた。練習でできた手のひらのタコは歳月を経て、もうだいぶ薄くなっている。

「うん、大学ではそうだった」と一塁線際に打球を転がす動作をしながら答えた純一は、高校でも補欠だったし中学では部員が実質九人しかいなかった、ということまでは言わずに、「あとは、引越の荷運びをバイトでけっこうやってたから、ものを運ぶのだけは慣れてるよ。この船では、洗濯物以外に運ぶものもなさそうだけど」

「それだけでも助かるよ」

と千夜子が笑みを浮かべて言った。純一は千夜子と視線がかち合うと、ふと照れくさくなって目を伏せ、

「さ、干そうか」とかごのなかの濡れたタオルに手をかけた。

「うん」と千夜子もかごのまえにしゃがんだ。

やがて甲板には、純一の水色のトランクスや千夜子のワインレッドの下着などが万国旗のようにはためいた。

昼間は園田先生から魚釣りの手ほどきを受け、純一と千夜子は甲板で釣り竿を見張った。ウメイロ、ムロアジ、それに赤黒い魚などが釣れた。園田先生は途中からいちいち名前を教えてくれなくなり、これは今晩のおかず、これは海に帰す、とだけ言うようになった。純一が、釣り上げた薄桃色の魚から針を抜きつつ、「きのう俺が戻したご飯を食ってないだろうなあ」とつぶやくと、「いいじゃない、それが食物連鎖だよ」と千夜子がいい加減なことを言って園田先生に同意を求め、よく聞いていなかったらしい園田先生もいい加減にうなずいた。釣った魚はその場で絞めておかないと味が落ちるという。晩のおかずに選ばれた薄桃色の魚は、園田先生にナイフで手早くエラのあいだを突き刺され、口を大きくあけて無言の叫びをあげながら痙《けい》攣《れん》的に身悶えすると、見ひらいた目で生きている者どもを恨めしげににらんだまま、動くのをやめた。

夕暮れどきになると海面がつかのまだいだい色に染まり、純一と千夜子は食事の支度途中でも眺めずにはいられなくなって甲板に出た。太陽は、海と人間との区別を知らない。千夜子も顔をだいだい色に染められて、まぶしそうに目を細めつつ、「早く丸裸になりたいわあ」と漏らしていた。

食事の席で、園田先生が煮魚を頬張ってはよくしゃべった。海洋学者や地質学者に依頼して、こんとんの周囲の海水や砂を調べてもらったものの、顕著な成果はあがっていないという。保護活動を最優先するため、こんとん自体の一部分を切除して分析することはできないそうだ。隕石落下の産物である可能性をふまえて天文学者の助力を仰ぎたいところだけれど、予算も限られているので自称天文学者でもかまわない、とのことだった。

「園田先生、訊いていいですか」と千夜子が言った。「園田先生と竹下隊長って、どっちが偉いんですか」

「僕と竹下さん？」と園田先生は箸を持つ手の動きを止めて、「何も二人に限ることはないでしょう。僕と竹下さんと、大井さん、河瀬君、それから、うえの階の二人……」

「本田さんと日野さんね」と竹下が補った。

「そうでしたね。それで、質問はなんでしたか……、誰が偉いか。これはねえ、誰ということもないでしょう。みなそれぞれに役割を果たしているんです。うえの二人は船を操り、ここの若い二人は食事を調《ととの》え、若くない二人のうちのこちらのかたは指示を出し、もう一人はこうして質問に答え……、と調和しながらこの船は成り立っているわけです。けっこうなことじゃありませんか」

食後、純一と千夜子が甲板に出ると、上空の薄暗闇に星明かりが灯りはじめていた。二人は船室の外壁にもたれて腰かけ、しばらく夜空に目をやっていた。

「きょうは、純一君が話をする番だよ」と千夜子が言った。

「俺が？」

「だって、きのうはわたしがしゃべったでしょ？　純一君がつき合ってた人の話、聞かせてよ」

「ええとね、俺は取材記者なんで、人の話を聞くのが役目なんだ」

「でも、わたしだって取材記者だから」

「まあ、そうだね……」

「一つ条件があります。わたしもきのう黒いパンツの話をしたんだから、純一君も恥ずかしいことを織り込んで話すこと。わかった？」

「うん……」と純一は苦いものを含んだように口元をゆがめて返事をすると、話しはじめた。

＊＊＊

## サフラン

菜摘と出会ったのは四年まえの梅雨どきだった。河瀬と飲みたがってる女の子がいるから、と友人の吉村に誘われて、そんなふうに異性から名指しで飲みたがられたことなど生まれて初めてだった俺は完全に舞い上がってしまい、七時の約束のところ、六時二十分ごろにはもう下北沢の駅前に突っ立っていた。昼間に降りつづけた雨の名残で路面は濡れて、空気は重だるく湿り気をはらんでいた。ときおりあたりの人混みを縫ってうろうろしながら待っているうちに吉村が現れ、七時ちょうどに駅から出てきたのが、菜摘だった。小柄で、皮をむいた白桃のような肌をしていて、愛嬌のある厚めの唇とやわらかいまなざしの焦げ茶の瞳が、輪郭の丸い顔立ちのなかで際立っていた。俺たちは、吉村が予約していたアジア料理店に連れ立って出かけた。

俺にとっては初対面だったけど、菜摘のほうはこれより二週間まえ、吉村らと行った球場で俺の姿を目にしていたらしい。大学野球のリーグ戦を観にサークルの仲間四人で訪れたうち、二人が俺の学校、二人が相手校の学生だった。どうやら相手校のほうが勝ちそうだということで、みんなでそっちの応援席に陣取ったというから薄情なものだ。菜摘は勝ちそうなほうの学生だった。運がよければ友達がチョイ役で出るかもしれないぞ、と吉村が話していたそうだけど、実際、その機会はめぐってきた。

七回裏、ノーアウト一、二塁で、俺は代打として右のバッターボックスに立った。送りバントのかまえで二度ファウルチップのあと一球見送って、カウント・ワンボール・ツーストライク。俺は打席を外して頬をふくらませ、大きく息を吐いた。ふたたびサインどおりにバントのかまえで次の一球、外角高めのボール気味の球に身を乗り出してバットを合わせた。スリーバントの打球は球足速く、投手と前進していた三塁手とのあいまをすり抜けてレフトまえに転がり、ヒットになった。俺としては球威を殺しそこねたという思いがあって何かの間違いに近かったけど、入学以来四年目でのリーグ戦初ヒットには違いなく、はやし立てる自軍ベンチとその背後で沸き立つ応援席に向かって会釈して、ヘルメットのつばに何度か手をかけた。あのちょっと恐縮している感じがよかった、と俺は菜摘から言われてあらためて恐縮するものを覚えつつ、象のラベルのタイ産ビールをいそいそと口のなかに流し込んだ。あのヒットで満塁となってから、けっきょく得点は入らず試合も負けに終わったんだけど、菜摘という女の子があんな場面を二週間も覚えていてくれたんだと思うと、どんなヒットでもいいから一本出るというのは大きなことだと感じたものだった。

それから二人だけで会うようになり、菜摘との交際が始まった。俺にとってはリーグ戦での初ヒットよりも異性との初体験のほうがあとだった。それも一度目の夜、二度目の夜は失敗に終わった。一人でいるときにはまるで恥ずかしげもなくいきり立ち、空威張りしている下腹部が、いざ菜摘のすべらかな裸体をまえにすると緊張のあまりしょげ返り、いくらかふくらみかけたところでゴム製の覆面をかぶって股のあいだに分け入ろうとするんだけど、入りきらずにまごついているうちに空しく発射してしまうという事態が繰り返された。

三度目の夜にも、同じことが起こった。ごめん、また……という俺の声は消え入りそうだった。くずおれるように菜摘の胸元に顔を沈め、情けないやら申しわけないやらで泣き出したいところを耐えていた。菜摘の胸のはざまにはじんわりと汗がにじんで、いい匂いがした。菜摘は俺の短い髪を手でなぜながら、百回ぐらい一緒にやってみて様子を見ればいいよ、まだ三回しかしてない、と穏やかに言った。俺はコンドームを外して根元を結わえると、こらえきれずに頰を伝った涙を手の甲でぬぐって、打ちしおれた下腹部のさきをちり紙でふいた。それから、いたわってくれた菜摘をいたわり返すつもりでそっと抱き寄せた。軽い口づけをしたつもりだったけど、互いの舌が触れ合い、次第に深く吸い合って、菜摘の背骨のおうとつを俺の指がなぞるようにさすっているうちに、ふと下腹部が熱を帯びてみるみる硬く膨張を遂げた。菜摘の太ももつけ根に手を這わすと、湿った感触がある。俺はどぎまぎしながら新しいコンドームを取り出して装着し、凝り固まったものをやわらかい入口にゆっくり押し当て、なかへと沈み込ませていった。

菜摘の部屋の片隅には、黒くつやのよい電子ピアノが置いてある。居酒屋のアルバイトで貯めたお金で買ったものだと聞いていた。秋田の実家には、子供のころから弾き慣れたアップライトピアノがあるそうだけど、ヘッドホンが使えないので都会でのアパート暮らしに持ち込むことはできなかったようだ。菜摘は高校までクラシックピアノを習っていて、一時は音楽大学への進学も考えていたらしい。大学ではジャズのサークルに入って、そこでも弾いていたけど、もう引退したんだと言っていた。菜摘の部屋で過ごしているとき、何か弾いてみてほしいと幾度か頼んでみたことがある。下手で恥ずかしいし、もう指がなまっているからと、菜摘は一度も俺のまえでは弾かなかった。でも、たまに譜面台を見てみると、そのたびごとに楽譜の違うページがひらかれていた。

ピアノ弾きにふさわしい指の形とはどういうものか、よく知らないけど、長いほうがいいんだろうというくらいに漠然と思い込んでいた。だけどその考えは、菜摘の手を見ているうちに改められた。菜摘の指はそれほど長くなく、関節が太くて頑丈そうで、愛らしい働き者の五人姉妹みたいだった。俺は菜摘の横で眠りに就くとき、その指の形を確かめるように自分の手でそっと包み込んでみることがあった。

ある秋の日の大学からの帰り道、やはり学校帰りの菜摘と新宿駅で落ち合うと、ご飯を食べていくか家で作るかを相談し、小田急線に乗って梅ヶ丘に行った。スーパーで夕食の食材を買ってから、菜摘のアパートへ向かう途上、大きな公園の散歩道を二人で歩いた。落ち葉は濡れてるのより乾いてるのが好き、と菜摘が言った。乾いた落ち葉を踏むときのカリッていう音と感触がいいんだ、と聞いて俺も乾いた落ち葉が好きになった。足元でカリッ、カリッと音がしていた。

アパートに着くと、俺は菜摘と並んで台所に立ち、マッシュルームなんて栄養あるの？ などと訊きながら料理に励んだ。この日作ったのはビーフシチューで、菜摘から水泳用のゴーグルを貸してもらってタマネギを切った。菜摘は笑ってくれて、俺は涙を流さずに済んだ。

翌朝、菜摘が大学に出かけようとしているとき、俺は授業に出る支度をしに自分のアパートへいったん帰るのもおっくうだからと留守番役を買って出て、ベッドに寝転がったまま手を振って見送りをした。菜摘は困ったように眉間にちょっとしわを寄せ、ベランダにあるサフランの鉢植えに水をやるようにと言い置いて出かけていったけど、眠り直しているうちに俺は水やりのことを忘れてしまった。それでもやがてサフランは真っ赤な雌しべを伸ばした薄紫の花を見事に咲かせた。

年末になって俺は熊本、菜摘は秋田に帰って年を越した。卒論が書けずに留年予定であるとの報告に始まる重苦しいやりとりを俺は両親と交わすこととなり、すっかり陰鬱になって東京へ戻ってきた。菜摘と浅草寺に初詣に出かける約束をしていた。よどんだ気分を引きずったまま出かけていったんだけど、待ち合わせ場所の雷門のまえに立っていた菜摘の頬の赤みと笑顔を見たら、瞬時に心がほぐれてようやく正月を迎えた気分になった。雷門の大きな提灯のしたをくぐって境内に入り、土産物屋の並ぶ仲見世を二人で歩いているうちに、ちらちらと小雪が舞いだした。雪だ雪だと俺が他愛もなくはしゃいでいると、これっぽっち、と菜摘が笑った。なっちゃんの地元じゃ相当積もって大変なんだろうな、雪かきとか、と俺が言うと、雪は子供にとって最高の遊び道具だよ、もう子供じゃないけど、わたしは好きだな、雪のない暮らしも気楽でいいけど、ちょっと味気ない、と菜摘が応えた。それを聞いた俺の脳裏に、見たことのない菜摘の郷里の雪景色が思い浮かんだ。大きな雪の粒がいくつもいくつも、地上を覆い尽くすように降りつづいているなか、長靴の足跡をつけて歩いてゆく子供時代の菜摘の着ぶくれた後ろ姿が、おぼろげに見えた気がした。

終止符は突然打たれた。少なくとも、俺にとっては。初詣のあと、菜摘が卒論の最後の追い込みに入るということで、会えない日が続いた。終わったころに、打ち上げをしようと誘ったところ、飲み屋ではなく喫茶店を指定された。向かい合わせに座ると、菜摘の表情がいつになく硬く張り詰めていて、何か悲しいことがあったのだろうかと思ったら、別れを切り出された。ジュンはわたしとつき合うようになってから、だらしない人間になってしまった、わたしがそばにいたのが悪いんだ、と菜摘は言った。そんなことはない、俺はもともとだらしない人間だった、なっちゃんのせいじゃない、と言ってみたところでなんの弁明にもならなかった。恋人と別れるというのも俺にとって初めての経験で、どうしていいかわからないなりに真剣になった。それじゃあ俺、ちゃんと別れるから、連絡先も消すよ、と菜摘に言った。踏ん切りをつけるつもりで口にしたことだったけど、図らずも菜摘に対する拒絶の響きを帯びてしまったかもしれない。菜摘はしばし沈黙してから携帯を取り出して、じゃあ、わたしも、と言った。登録を消しながら、菜摘は泣いていて、俺もまた同じだった。

それから俺は心を入れ替えて学業に励むでもなく、引越のアルバイトと麻雀に精を出した。年度替わりの春にはとりわけ引越が多く、俺自身はどこへも旅立つことのないまま、新生活への旅立ちの手伝いを何件となくこなしてまわった。雀荘に通っては、砂糖ありミルクありのコーヒーをすすり、自分では吸わない煙草の副流煙にまみれて、牌をめくりながら脳内に感嘆と落胆のさざ波を刻みつづけた。

一年ならず二年遅れて、ようやく卒論の提出にこぎ着けた。卒業式の夜、菜摘に報告の電話をかけてみたい気分になった。あやふやながら、電話番号が思い浮かびかけた。だけど、あのときちゃんと別れたのだから、と思いとどまった。

卒業からほどなくして、ふるさとで地震があった。親元に電話したら、母が出た。お父さんと二人であなたのことを心配してる、と言われてしまった。その後も一年ばかり、引越の荷物運びを続けた。一方、雀荘からはいつしか足が遠のいていた。

いまになってあらためて、菜摘の部屋のベランダにあった鉢植えのことを思い出す。菜摘は俺に、起き上がるきっかけを与えてくれたんじゃなかろうか。それなのに俺は水やりを怠って、菜摘のベッドでだらしなく眠りこけていた。あのときちゃんと水をやっていれば、サフランはさらに見事な花を咲かせたのかもしれないし、俺ももっとマシな人間になって、菜摘のそばにいられたのかもしれない。

＊＊＊

そこまで話すと純一は小さくため息をついた。

「そっか……」と千夜子はつぶやくと、「純一君は、だらしなかったんだね。いまの話には出てこなかったけど、じつは浮気がバレたとか」

「いや、むしろいまだに菜摘以外の女の人とつき合ったことがない……」

「その菜摘さんと再会したい、ってことだったっけ。連絡はとれたの？」

「まだだけど、電話番号はわかった。いまの話に出てきた吉村ってやつが、つい先日、夜遅くに訪ねてきたんだけど、直前までサークルの同窓会で菜摘と一緒だったたっていうんだ。菜摘が俺の近況を気にかけてくれたらしくて、じゃあちょっと話してみる？　って吉村がその場で電話をかけた。そしたら利用停止中の案内が流れたもんだから、いったいどうしたことかと吉村が様子を見に寄ってくれたんだ。そのとき、番号の書かれた紙をもらった。だけど電話したところで、相変わらずだらしない身では合わせる顔もない。まずは働かなくちゃ、と思い立った。それで、ここに……」

「ちなみに菜摘さんはいま、何してるの？」

「お菓子のメーカーに勤めていて、吉村が言うには、最近、綿飴チョコっていうのを考案したらしい」

「なあに？　それ」

「詳しくはわからない。企画会議の準備に追われてるんだって聞いて、なんだか俺には雲をつかむような話だけど、うまいものには違いないと思う。もし再会できなかったとしても、その綿飴チョコというのを買って食べることは許されるはずだ。千夜子さんは、甘いものは好き？」

「好きなほうだけど、その雲をつかむような食べ物は、ちょっとどうかと……」

千夜子はそっけない口ぶりで言うと、言葉を継いだ。

「余計なお世話かもしれないけど、菜摘さんにとって純一君は、もう思い出のなかの人になってるんじゃないのかな。ワインみたいなもので、何年か寝かせているうちに思い出っておいしくなっていくんだよ。そこへ本人から電話がかかってきたりしたら、かきまわされて、せっかくのワインが一気に酸化してしまうかもしれない。お互いの思い出を守るためにも、いさぎよくあきらめたほうがいいと思う」

「いや、だけど……」と純一は少しむっとしながら応じた。「俺は菜摘に電話をかけたいがために、こんな得体の知れない船に乗り込んでしまった。取材記者といったって、仕事内容も報酬もはっきりしない。これで菜摘に電話することをあきらめろと言われたら、いったい俺はいま、なぜここにいるのか、それさえはっきりしなくなってしまうよ」

「いいじゃない、それで」と千夜子がなだめるように言った。「はっきりしないのはわたしも同じ。はっきりしない二人が、行き先もはっきりしない船に乗って、甲板で潮風に吹かれている。わたしには、これがいけないことだとは思えないよ」

純一は千夜子の言葉に釣り込まれるようにうなずき、頬に湿った微風を感じつつ、菜摘への電話をあきらめたりはしない、それだけははっきりしているのだ、と心に確かめ直していた。

その夜更けに純一は、園田先生のとなりで暗い寝室に横たわっていた。昨夜は二つも質問してしまったから、きょうはもう園田先生に訊くことがない、と思っているうちにとなりから寝息が聞こえだし、純一は一人、眠りから取り残されてしまった。闇のさきにある天井のほうをぼんやりと見上げ、目をぱちぱちさせてから閉じたりしているうちに、いつしか純一は菜摘のことを思い起こしていた。

浅草寺へ初詣に行った日、わずかに雪の舞い散る夜空のもと、参詣を済ませた二人は傘を持たずに境内を並んで歩いていた。

「チョコバナナが食べたい」

と菜摘が出店《でみせ》のまえで足を止めた。純一も同感だったけれど、となりの出店の綿飴にも心惹かれて、けっきょく菜摘はチョコバナナを手に、純一は綿飴を手にして歩きつづけた。

「わたし、じつは綿飴のよさがあまりわからないんだ」と菜摘が純一を横目に見上げて言った。

「そう?」と純一は菜摘を見つめ返して、「だって、綿飴って雲みたいなものだよ? 雲を食べるって、うれしくない?」

「うれしいのか……」と菜摘は苦笑交じりにつぶやいて、「でも、口のなかでじわじわ溶けていって、最後は砂糖のかたまりみたいなのが残るでしょ? ジャリッていう歯応えで、ああ、雲だと思ってたら砂だった、みたいな寂しさがあるんじゃない?」

「そりゃ寂しいよ、最後はね。本物の雲じゃないんだから、しかたない。ところで、なっちゃん、綿飴とチョコバナナを一緒に食べるとおいしいって知ってる？」

「知らない」

と言いながら、菜摘は食べかけのチョコバナナを純一のまえに突き出した。うえのほうをこれ以上かじると刺してある割り箸から落ちてしまいそうだったので、純一はしたのほうから一口かじり、すぐに自分の持っていた綿飴も一口、口に含んだ。

「ほんとにおいしいぞ、これは」

と純一は言って、菜摘のまえに綿飴を差し出した。

「そんなの、甘いだけだよ」と菜摘はあきれたように首を振り、「チョコと、バナナと、綿飴と。足し算のしすぎ。それに、最後はけっきょくジャリッてなるんでしょ？」

「なるよ」と純一は寂しく答えた。

ふと純一は、菜摘のショートカットの髪に点々と雪の粒がついているのに気づいて、頭を二、三度なでて雪を払った。菜摘は純一を見上げて笑顔を見せると、手を純一の頭上に伸ばしてなで返した。

あれから菜摘はジャリッとなることをあきらめたのか、それともジャリッとならない綿飴の製法が見つかったのか、それは定かでなかったけれど、菜摘の考案した綿飴チョコというものを見てみたいし食べてみたい、と純一は思いを募らせて、寝床で小さくため息を吐いた。雪は子供にとって最高の遊び道具だよ、と教えてくれた菜摘の言葉を思い返したり、菜摘の郷里に大粒の雪が降りしきる冬景色を思いえがいてみたりしているうちに、やがて眠りに誘い込まれていった。

翌朝、朝食の片づけのあとで竹下に命じられ、純一と千夜子は場所を分担して清掃に取り組んだ。地階で便所掃除をすべく、純一がトイレ用洗剤と柄つきブラシを手にしていると、髭面の男がやってきた。

「どうも」と純一は軽く頭を下げ、「ここ、使います?」

「悪いね。小便ならそこらへんの海にでもすりゃいいけど、デカいのだから」

「掃除が終わった直後より、いま来てもらってよかったです」

と言って純一は掃除用具を置き、その場を離れようとした。

「本田が言ってたよ」と男が純一の背中に声をかけ、「今回の若者は料理の腕がいいって。俺もそう思う」

この人は本田さんじゃないほうの日野さんなのだなと思いつつ、純一は振り返って微笑むと、

「それは千夜子さんの手柄ですね。伝えておきます。ただ、食材の減りかたをちょっと心配してますけどね。往復で何日かかるのかわかりませんけど……」と言いさして、往復で何日かか

るのか教えてくれることを期待した。

「ま、なんとかなるよ。老人の分の盛りつけをちょっとずつ減らしてみるとかさ。あとは、釣りの腕前を磨いてくれたらいい」と日野は笑って、「じゃ、ここ使わせてもらうけど、くさいと思うよ」

「覚悟してます」と純一は答えて歩き去った。

日野から受けた警告を恐れて、純一は戻ってくるまでの時間を長めに取ったけれど、無駄だった。硫黄めいた悪臭にさらされながらブラシを操り、ラフレシアに顔を突っ込む園田先生になったつもりで耐え抜いた。

空模様は朝のうちからぐずついていて、昼前には雨音が聞こえだしていた。昼食にうどんをゆでつつ、純一は千夜子に伝言を告げた。

「日野さんから聞いたんだけど、千夜子さんは料理が上手だって本田さんが評価してるみたいだよ」

「まあいやだ」と千夜子はふてくされたように言い、「本田さんの分だけ、うどんに七味をたくさんかけてやろうかな」

「日野さんも、本田さんの意見に同調してた」

「じゃあ日野さんにも七味だ」

七味唐辛子かけすぎ計画はけっきょく実行に移されなかったので、純一はなかば安堵し、なかば残念に思った。

昼食の後片づけを終えた純一は、船室の一角にある書棚のまえに立った。背表紙のぼろぼろになった文庫本や、天文学、地質学の本などもあったものの、大半は生物学の専門書で占められていた。そんななかに写真中心の図鑑類も交じっていて、純一はそのうちの小ぶりな一冊を手に取った。

千夜子は調理スペースで冷蔵庫や戸棚をのぞき込んでいた。

「ゼラチンがある……」

そんな千夜子のつぶやきを純一は耳にした。やがて千夜子が板チョコの包みを居間のほうへかざすと、

「竹下さん、このチョコ溶かしてもいいですか」

竹下が千夜子のほうをけげんそうに見やって、

「いいですよ。どのみちわたしたちのおやつを作るんでしょう?」

と条件つきで許可を与えた。園田先生はこの場に居合わせず、二階の操舵室へ行っていた。

「何か手伝う?」と純一は千夜子に声をかけたけれど、

「いいから座ってて」

と言われたのでおとなしくソファーに腰かけて図鑑を広げた。とはいえ、どんなものを作るのか興味があって、ときおり調理スペースのほうに目を向けた。千夜子はゼラチンと砂糖を湯に溶いたり卵白を泡立てたりそれらを混ぜ合わせたりしている様子で、チョコは使わないまま、できた流動体を小さなくぼみに区分けされた製氷用のプラスチック容器に移し替えて冷蔵庫にしまった。

それから千夜子は純一のかたわらにやってきて座ると、図鑑をのぞき込んで、

「純一君は海の生き物になるとしたら何になりたいの？」と尋ねた。

「ウミウシ」

と純一は即座に答えた。その声に反応して、向かいの席で本を読んでいた竹下がちらりと顔を上げた。

「ウミウシ……」と千夜子は確かめるようにつぶやくと、「やっぱり、だらしなさそうなのを選んだね」と笑った。

「弱ったな……」と純一は苦笑いを浮かべつつ、何枚かページをめくり戻して、青くぶよぶよした体にいくつもの白いイボのついた生き物が海底を這いずっている写真を指さし、「この、シモフリカメサンウミウシなんかがいいと思う」

「この背中に咲いてる花みたいなものは、何？」

「エラみたいだよ。それから、こっちの二本突き出てる細長いのが触角」

「じゃあ、このイボイボしてるのは？」

「これは、飾りだろうね」

「体長二十五ミリだって。写真では大きく見えるけど、ほんとは小さいんだねえ」

「千夜子さんは、どれにする？」

「わたしはウミウシにはならないよ」

と千夜子が純一の膝のうえにあった図鑑のページをめくった。赤や黄色や緑や白や紫の体に斑点や縞模様をまとったやわらかそうな生き物が、めくってもめくっても姿を現しつづける。

「ちょっと、これウミウシしか載ってない」

「だって、ウミウシの図鑑だから」

「このなかから選ばなくたっていいんでしょ？　わたしはね、クラゲがいいかな。ミズクラゲ。海底にへばりついてるより、半透明になって海中をゆらゆら漂っていたい」

「千夜子さんも、わりとだらしないのを選んだな」と純一が言い返して笑った。

「二人とも、なかなかいい選択じゃないの」と竹下が口を挟んだ。「ねえ、園田先生」

ちょうど部屋に入ってきたところだった園田先生が、

「なんですか」と尋ねた。

「河瀬さんがウミウシになりたくて、大井さんがクラゲになりたいっていうんですよ」

園田先生は一瞬目を見ひらいて二人を見やると、

「けっこうですねえ、若いということは。お二人には、これから何にでもなれる可能性がある。僕だってもっともっと若かったら、マダコにもユメナマコにもなりたいところですよ。ところが現実には、もはや、しおれかけた人間の干物です。それ以外の何者にもなれそうもありません」と寂しげに微笑んだ。

やがて千夜子がまた調理スペースに立った。製氷用の容器から取り出したかたまりに、湯煎で溶かしたチョコをからめると、ふたたび冷やした。しばらくして、

「純一君、ちょっと」

と千夜子に呼ばれて純一が流し台のまえに行くと、十粒ほどの焦げ茶のかたまりが皿のうえに盛られていた。

「これ……」と純一がつぶやく。

「綿飴チョコじゃないよ」と千夜子が言った。「綿飴はさすがに作れないけど、マシュマロチョコを作ってみた。一つ、味見してみて」

勧められるままに純一は、一粒つまんで口に含んだ。まずはチョコレートの甘みとにがみが舌に伝わり、続いて歯を差し込んでゆくと、コンニャク状の弾力があった。

「うまいね、これは」

と口をもぐもぐさせながら言い、ただしマシュマロっぽくはないね、という言葉が出かかったのを食物とともに飲み込んだ。

テーブルには紅茶をそそいだカップが並び、まんなかにマシュマロチョコの皿が置かれた。竹下が一粒口にして、

「まあ……」と目をきつく閉じてつぶやくと、「これはいったいなんでしょう。これこそクラゲじゃありませんか」と千夜子を見すえて、「大井さん、わたしのチョコレートを使ってクラゲをくるんでしまったんですか」

「そんなつもりじゃなかったんですけど……」と千夜子は面食らいながら一粒つまんで口に入れ、「結果的にはそうなってしまったかもしれません」とうなだれた。

「さ、園田先生もクラゲをお一つ」と竹下が勧めると、

「僕はもう、眺めるだけで充分です。ここは若い人たちにお任せしましょう」

上手ではないとしても、うまい食べ物であることは確かだと純一は思いつつ、

「うえの二人にも持っていく？」と尋ねてみた。

「これはやめておこう」と力なく千夜子が応じた。

残っていた粒の過半を純一が食べ、あとは千夜子が口に運んで、ティータイムは終了した。

流し台のまえに立って純一が食器を洗っていると、かたわらに並んだ千夜子が布巾で拭きつつ、

「ちょっと砂糖を入れすぎたかなあ。ゼラチンもだけど」

「甘さはちょうどよかったよ」

「そっか。じゃあ、よかった」とつぶやいて、千夜子は軽くため息を吐いた。

「千夜子さん、お菓子はよく作るの？」

「まさか。高校生、いや中学生のとき以来かな。今度チャンスがあったら、もっといいものを作れるようにがんばってみるよ」

そう言って千夜子は戸棚にティーカップをしまっていった。

しばらく続いていた雨音が、にわかに激しくなりはじめた。荒波のぶつかってくる音とともに、船体がしきりに強く揺れた。純一はそっとソファーを立ち、酸っぱいつばを幾度となく飲み込みながら地階に降りていった。便所の扉をあけ、便器のまえにかがみ込んでフタを持ち上げると同時に押し殺したうめき声を漏らし、口元にこみ上げてきた流動物を吐き出した。何度か痙攣的な震えとともに胃から逆流してくるものを便器へと送り込んでいるうちに、背中をゆっくりとさすられる感触があった。吐くものが尽きたところで、

「ごめんね、おいしかったのに……」

と小声で純一は言った。振り返ると、心配そうに純一の様子を見つめていたのは竹下だった。

その意外さが新たな引き金となったものか、純一はまた小さくうめき声を漏らして便器に向き直った。わずかに絞り出された液状のものが、薄茶色の吐瀉《としゃ》物のうえにこぼれ落ちた。

「河瀬さん、大丈夫？」と背中をまた少しさすりながら竹下が声をかける。「顔色が悪かったものだから、もしやと思って見に来たんです」

嘔吐は止まったようだったけれど、念のため便器に顔を向けたまま、

「すみませんでした」と純一は詫びた。「てっきり千夜子さんかと思って……。せっかく作ってもらったマシュマロチョコ、戻してしまって……、悔しいです」

「大井さんには内緒にしておきますからね。さ、少し横になっていなさい」

と竹下に促され、純一は蒼白な顔面を鏡に映して口をゆすぐと、寝室に入ってベッドに寝転がった。船酔いの気持ち悪さが徐々に鎮まってゆくとともに、竹下の気遣いに感じた居心地の悪さも薄らいできた。さすがに隊長と呼ばれるだけあって目配りが利くなと感心し、胃のなかの嵐もどうやらやりすごせそうな具合になってきて、安らいだ気分のうちにやがて眠り込んでいた。

目覚めたときには雨音もせず、揺れも収まっていた。純一は起き上がると、机のまえに腰かけた。千夜子に語ったサフランの話はすでに書き上げていたけれど、まだ書き足りないような気がしていた。ふと、菜摘に手紙を書きたいと思った。便箋がないのでノートをひらく。なん

と書こうか。いざ考えだすと胸のうちがとめどもなくかき乱れるばかりでシャープペンを持つ手が動かない。宛先を吉村に変えてみたら適度に気が抜けたのか、ノートに文字が流れはじめた。過去のことを思い出しつつ書き連ねてゆく。急ぐことはないと思って途中でシャープペンを置き、ノートを閉じた。

一階に上がると、夕暮れどきの空が窓から見えた。甲板にたたずむ千夜子の姿に気づいて純一も船室を出た。青黒かった海にだいだい色の光が広がり、純一も千夜子も同じ光に包み込まれて色づいた。

「ねえ純一君」と千夜子が言った。「わたし、この船に乗るまえには自分が何にでもなれるだなんて思ってなかったよ」

「いまは、思ってるの？」と純一は不思議そうに問い返した。

千夜子は水際にしゃがみ込むと、

「この時間、海がすっかりオレンジ色に染まった二十分ぐらいのあいだに海に潜り込んだら、なれる気がする」

「なれるって、クラゲに？」

と尋ねながら、純一も千夜子のそばにしゃがんだ。

「そうだよ」

千夜子は片手を前方に差し伸べて海面に近づけると、そのまま前のめりに海のなかへとくずおれてゆく……その寸前で純一に両肩をつかまれて引き戻された。純一は尻餅をつき、直後に倒れ込んできた千夜子を受け止め、衝撃を身に吸収しながら背中を甲板に打ちつけた。千夜子の体には重みだけがあって力が抜けていた。

「千夜子さん……」と荒くなった呼吸を整えながら純一は、体のうえに乗っている千夜子に呼びかけた。「大丈夫？」

千夜子の背中に生き物の力がこもるのを純一は自分の腹に感じた。千夜子の口元から細く長く息の漏れる音が聞こえてくる。純一は少し安堵しながら、

「まさか、ほんとに海に落ちていくなんて……」

「違う。いまのは違うんだよ。ただ、水しぶきに触れようと思ったら、頭から血の気がすうっと引いて……」

純一が、体のうえから千夜子をそっと降ろそうと思い、身をよじりかけると、

「ちょっと待って」と千夜子に止められた。

「ん、あせってごめん」

「すごく速く聞こえる」

「聞こえる？」

「耳にじんじんと、鼓動が伝わってきてる」

「だって、びっくりしたし、あせってるから……」と純一は身をよじり直して千夜子の体を甲板に降ろした。

上体を起こした純一は、かたわらに横たわる千夜子を見やって、

「千夜子さんがクラゲになるところを見ないで済んでよかった」と口元に苦笑をにじませた。

甲板に仰向けになっていた千夜子は、だいだい色の陽光を小さく灯した瞳で純一を見上げ、

「わたしは、純一君がウミウシになるところを見ていたいよ」と言って穏やかな笑みを浮かべた。

少しベッドで休んでいたら、と純一は勧めたけれど、もう大丈夫、と千夜子は取り合わなかった。二人は船室の壁に寄りかかり、海から赤みが消えて黒ずんでゆくのを見届けてから、室内に戻った。

夕食には、白身魚のスープを作ることにした。昼間のお菓子づくりの余りの卵黄も溶き卵にして入れた。スープを食器にそそぐとき、純一はふと、老人の分の盛りつけをちょっとずつ減らしてみるという日野の提案を思い出してしまい、まだ何もしていないのに罪の意識を覚えて、かえって園田先生の分を心持ち多めによそった。

その夜、明かりの消えた寝室で、純一は眠りに就こうとしていた。枕のうえで頭を少し動か

すと、後頭部と枕カバーのこすれる音がした。

「河瀬君は、ウミウシになりたいのかい？」

暗闇のなかで園田先生の声がした。

「いえ」と純一はとっさに答えて、「なりたくありません」

「なんだい、昼間に聞いたことと違うようだが、僕の聞き間違いだったかな」

「昼間に僕は、海の生き物になるとしたら何になりたいかと訊かれたんです。だからウミウシと答えましたけど、海の生き物にならなくてもいいという選択肢があったら、そっちを選んだと思います」

「どうして、海の生き物になりたくないんだい？」

「僕、会いたい人がいるんです。海の生き物なんかになったら、その人に会えなくなってしまうから……」

「なるほど、そういうことですか」と言った園田先生は、しばし沈黙したのち、「だけども、考えてごらん。河瀬君がイカになったとしよう。群れに紛れて、海のなかをどこへ向かうともなく泳いでいく。君はのっそりしてるから、きっと漁船の網にかかるだろう。水揚げされて、市場《いちば》で売られ、やがて切り刻まれて、回転寿司のテーブルのうえをぐるぐるとまわりだす。そこで君の会いたがっていた人が、イカのお皿を手に取って、君の体に醤油をつけ、口のなかに運んだとしたらどうだろう。そんなふうな会いかただって、かまわないんじゃないのかな」

「僕は、その人に食べられるわけですか……。確かにそんな会いかただってあるのかもしれません。でも、その人に会うことができたのかどうか、どうやって僕は知ることができるんでしょうか。なにしろ、体は切り刻まれているわけでしょう」

「つまり、ただ会うだけじゃなく、会ったことを知りたいと、そういうことなんだね。果たして、それがそんなに大事なことだろうか。会いたい人に会うことに比べたら、会ったことを知るか知らないかなんていうことは、問題じゃないように思うんだがねえ」

「それでも、僕は知りたいんです」

と純一は応じたけれど、園田先生からの返事はなかった。やがて園田先生の静かな寝息が聞こえだし、純一もつられるように眠りへと落ちていった。

ふと、青くやわらかなウミウシが海底の砂地を這いずっていることに純一は気づいた。このウミウシは自分自身だ、と感じたとき、透き通ったクラゲの傘が頭上に降りてきて、純一はあわてて逃げ出した。砂地を這う速度は思うほど上がらず、いつまでもクラゲがすぼまったりひらいたりしながら純一の頭上を追ってくる。逃げ足の速まらない代わりにただやみくもに砂けむりが舞い上がる。クラゲは砂塵を避けるでもない。どうして逃げるの、悲しいよ、とクラゲのような千夜子のような声を聞いた気がして、そうだ、どうして逃げるのかと思って純一は歩みを止めた。クラゲがゆっくりと降りてきて、純一の体を包み込んだ。細長い口腕が、純一の体に咲いた花のようなエラをこじ開けてなかに入り込んでくる。刺すような痛みを一瞬感じて、あっ、と声になったかならぬかの小さな気泡を口からぷくりと吐き上げた。痛みは鈍いしびれへと変わって全身ににじみ広がってゆく。体内の成分が吸い出され、クラゲの口腕が鮮やかな青に染まって傘の一端までが青みを帯びてゆくのを、純一はむしろ安らぐような思いで見上げていた。吸われれば吸われるだけ体は縮んでゆきながら、ストローに詰まったゼリーのように、口腕のなかに身がかたどられて凝集する感覚を楽しんでいた。クラゲの傘のまだ透き通ってい る部分を通して、鰯の大群が銀色の微光をちらつかせながら通り過ぎてゆくのが見えた。エイが大きく平らな体を悠然とはためかせ、頭上にかすかな影を投げかけて去っていった。そのあとで、黄ばんだ白のひょろっとした生き物の群れが、頭につけたマント状のものを頼りなくひらひらさせながら泳いでゆくのが見えた。あれは、イカだろうか。どうして俺はイカにならなかったんだろう、と不思議に思う気持ちが湧いたとき、不意に口腕のさきで体内を鋭くえぐられる感触があった。その痛みに、あっ、と今度こそはっきりと声をあげたところで純一は目をひらいた。

夢の名残で、となりにマダコでも転がってはいないか。そう思って、横たわったままで視線をかたわらに向けてみたけれど、何者もいない。早起きの園田先生は、すでに寝室を出ているようだった。

朝食後の空いた時間に、純一は寝室で机に向かい、ノートをひらいた。シャープペンを手に取って、書きかけだった文章の続きに取り組んだ。題名のところは空白にしてあったのだけれど、最後まで書いてから冒頭に戻り、「サボテン」と書き入れた。

＊＊＊

**サボテン**

吉村、このあいだは久しぶりの再会だったね。

俺はいま、船のなかにいる。ふと思い立って、吉村に宛てて手紙を書いてみることにした。でも、たぶん実際に投函するってことはないんじゃないかな。もしも目的地の島に郵便ポストがあったらいいんだけど。

どうして船に乗っているかといえば、新しい仕事にありついたんだ。渾沌島というところを取材する記者として、現地に向かっている。渾沌島とは、どんなところか。それは俺にもまだわからない。たどり着いてみないことには……。

仕事ってことで振り返ってみれば、もしかしたら俺は銀行員になっていたかもしれなかった。就職活動のとき、面接官は俺の学業のことより野球部での活動内容に関心がある様子だった。まだ公式戦での一度きりのヒットが出るまえのことで、実績といえば送りバント成功二本、それだけだった。俺としては、限られた出場機会に備えてバント練習に明け暮れてきたことを告げるよりほかはなかった。それがどう受け取られたのか、組織のため献身的に働く用意があると解釈されたのかどうかわからないけど、とにかく銀行からの内々定を得るに至った。

だけど、江戸期の飛脚制度の歴史に関する卒論を書き上げられず、けっきょく就職はしそこねた。とにかくそれらしきものをこしらえて提出するがいい、先生だって就職先の決まっているおまえを無下にはするまい、と俺にアドバイスをくれたのが吉村だった。そのとおりにできていればよかったのかもしれない。でも俺は、それらしきものといわず、せめてそれなりのものを仕上げたく思い、そのためには勉強が不足しているとの自覚から、四年での卒業を断念した。父は憤激し、母は嘆き悲しんだけど、これをもって俺という人間に期待するのはやめて、見放してもらいたいとの思いもあった。本当のところ、社会に出るのに怖じ気づいたんじゃないか、銀行員としての適性に自信がなかったんじゃないか、しばらく気を抜いて遊び暮らしたいだけじゃないか、と留年後に自問してみると、そのとおりだ、という心の声が聞こえてくる気がした。

卒業してからの吉村のことは、このまえ会ったときにずいぶん聞かせてもらった気がする。酔っ払っていて、よく覚えていないところもあるんだけど。俺のことも尋ねられたのに、ほとんど何も話さなかった。いまさらながら、ここに書きつけてみようと思う。

留年した俺は、引越会社のアルバイトを長く続けた。卒論の対象が運ぶ人なのだから、自分も運ぶ人になって経験を積むか、との思いもあった。郵便局の仕事でもよかったんだろうけど、たまたま見かけたのが引越の求人だった。荷運びの繰り返しに慣れないうちは体にこたえ、とりわけエレベーターのないマンションへの引越が重なった日などは足腰が酷使されたものだけど、仕事のあとでビールを飲んで銭湯で一風呂浴びてから布団に倒れ込んでしまえば眠り心地は悪くなかった。

引越の現場で知り合ったアルバイトの後輩の森野ってやつと気が合って、よく酒を飲んだり麻雀を打ったりした。初対面のとき、熊本の出身だと俺が告げると、熊本市ですか？　と森野は確かめたうえで、地元が都会っていいなあ、とうらやんでいた。俺は、九州で都会といえるのは福岡だけだと謙遜した。森野は佐賀の出身で、演劇をやりたくて東京に出てきているとのことだった。小柄で童顔の森野はふだん、人のよい笑みを口元にたたえていたけど、小劇場の舞台では、子供の体のまま五百年も生きてしまった老人の役を深刻な顔で演じたりしていた。

中央線の高架橋を挟んで俺は高円寺の北側、森野は南側に住んでいて、よく駅で待ち合わせをしては、場代の安い雀荘が集まる高田馬場へと繰り出した。麻雀をやるには四人集まる必要があるわけだけど、たいてい森野が劇団員を二人招集してくれるのでありがたかった。彼らはしばしば、稽古中の芝居の役になりきって麻雀に臨んだ。俺もその場にいない人の役を割り振られることがあり、どういうめぐり合わせか銀行員の役を務めさせられたこともあった。

飛脚の歴史なんて勉強してどうするんですか、と森野から訊かれたことがある。アパートの俺の部屋で、二人して焼酎の水道水割りを飲んでいたときだった。森野の口ぶりにはなんの嫌みもからかいもなく、ただ、生まれてこのかたそんな勉強をしている人には会ったことがないから不思議だという素朴な関心があるばかりだった。どうにもならない、と俺は答えた。そこにも卑下や自嘲はなく、ただ、飛脚で人生をどうにかしようなんていう思惑がないことを率直に表明しただけだった。で、森野のほうは芝居をやってどうするんだい、と俺は尋ね返してみた。あっ、どうにもならない……、と森野は発見したように目を見ひらいて言い、気恥ずかしげに笑った。俺がプラスチックのお徳用ボトルに入った焼酎を森野のグラスにつぎ足した。森野は流し台のまえに行って水を加え、何口か喉へ流し込んでから、俺のほうへ振り返り、こういう味気ないのを飲んでいるとアルコールランプの気持ちがわかってきそうです、と感想を述べた。

俺は、ふたたびリクルートスーツに袖を通すことのないまま、先々のことを考えずにその日その日を暮らして、二年の期間延長を経てついに卒論らしきものを書き上げた。論中には、東海道間の飛脚による通信に頻発していた到着日数の遅延のことなどを盛り込んだ。街道をひた走りに走ってゆくのは料金のべらぼうに高い上等な飛脚であって、並の飛脚となると荷物を積んだ馬を引いて歩いてゆき、宿場で次の飛脚に受け渡しをする。引き継ぎのときに荷役の馬が出払っていたり、道中で川が増水して足止めを食らったり、そんなことでよく遅れが生じていたようだ。君の卒論提出にもずいぶん遅延が生じましたね、と教授から皮肉を言われて、卒業を許可された。

シロヤギ引越センター荻窪《おぎくぼ》営業所の所長である藤崎氏から、ところで君は営業職の社員になる気はないか、と誘いを受けたのは、卒業後もアルバイトを続けて夏の盛りを迎えたころだった。営業職といったら引越予定の家に見積もりに出向いて契約を取ってくる仕事のことだろうと察しがついた。藤崎氏はうちわで襟元に風を送り込みながら俺の返事を待っていた。たまま欠員が出たからということだったけど、アルバイトのかたわら就職活動をしている様子でもない俺を見かねての温情という面もあった気がする。藤崎氏は、サボテンに日光が均等に当たるようにと、毎日事務所の窓辺に置かれた鉢の向きを変えているほど気配りの細かい男だった。アルバイトの暮らしになじんでしまって、気楽でいいとか、時間の融通が利きやすいとか、そんなことが頭をよぎったけど、もう少しさまになる断りかたをしたかった。ほかにやりたいことがあるんで……と口ごもりがちに俺が述べると、藤崎氏は、ほかにやりたいこととはいったいなんだ、とたたみかけてくることもなく、君がいまのバイトでもかまわないんだったら続けてくれていいんだ、役者の道というのもたいへんだろうけどがんばれよ、ともの分かりよさげな笑顔を見せた。だけど俺は役者を目指してはいない。森野たちを手伝って、大道具をこしらえたり、機材を劇場に運び込んだりと、裏方仕事に少しばかり加わっていただけだ。おそらく藤崎氏は森野と混同しているんだろうと俺は察したものの、わざわざ訂正はしなかった。森野はしばらくまえに、東京には人が多すぎる、俺一人でも減らさなきゃ、と言い残して、高校時代の演劇部仲間と劇団を旗揚げするため福岡に移り住んでいた。

引越の仕事を続けて、大学卒業から一年近くが過ぎたころ、俺は一人でカラオケボックスに入って歌い、酒に酔っての帰宅途中、新宿駅の階段で転んで右手の小指のつけ根を骨折した。藤崎氏からは、復帰できそうになったらすぐに連絡をくれよ、と言ってもらったけど、春の繁忙期を控えて引越の仕事は休業を余儀なくされた。骨折から一ヶ月のうちに傷は癒えたかに見えたものの、心なしか握力がめっきり弱ってしまった感じがして、スーパーでの買い物を詰め込んだ袋を持っても傷あとに鈍い痛みが走るようだった。別の仕事を探すことにしました、と藤崎氏に告げて、シロヤギ引越センターとの縁は切れた。

俺は以前、ほかにやりたいことがあるんで……などと言ったものだけど、それは実感というより理想を口にしたというのに近くて、実際のところ、確固とした何かがあるわけじゃなかった。いっそ役者を目指すというのはどうか。そんなことも考えてみた。森野のことをうらやましく思う気持ちもあった。舞台に立って何者かの役を演じ、目のまえの誰かの心にほんの少しでも届くものがあったら……。でもそれは、引っ込み思案の俺には向いていない、大それた望みに思えた。それなら俺は何がしたいのか。誰かのために力になりたい。働くというのはそういうことではないのか。そんな気がしたものの、誰かということを抜きにして、やりたいことは何かと自問を重ねてみた。すると、本を読んだり映画を観たり、あとは近所をぶらぶら散歩するなどして平穏な日々を過ごすことができればそれだけでも上々だと思えてきた。だけど、それすらもおっくうになることがあって、突き詰めると、何もしないということをしたかった。怪我の療養は、何もしないことを実践する恰好の機会となったけど、いくらかあった貯金は治療代に、暮らしの糧にと、刻々と減りつづけた。無為に身をゆだねることと食費の節約とを兼ねて、一日の半分以上は寝て過ごした。ぜい肉どころか筋肉までも、貯金のように取り崩されて徐々に細っていく感覚があった。

なけなしの貯金が公共料金の自動引き落としで目減りするのを防ぐため、窮余の策で、残金を銀行口座から引き出して手元に置いた。家賃はもともと現金払いだったけど、期日を忘れていたところ、大家の老婆が徴収に来た。老婆のほうが明らかに正当な立場にあったにもかかわらず、どこか申しわけなさそうに用件を切り出してきたのは気の毒だった。俺はこれをはぐらかすほど図太くもなく、いそいそとお金を手渡して、支払い帳にハンコを押してもらった。

電気、ガス、水道、携帯電話の請求の通知が相次いで届き、携帯電話については当面使うあてもないので支払いを断念した。次はガスを断ち、電気を断ち、水道を断ち、食糧を断ち……という流れが視野に入ってきていた。だけど、腹が減ったといって収縮する胃袋は、生きたい、と小声で鳴いているようだった。

働かなくなったことで、俺は決定的に弱ってしまったらしい。何もしないということをする、なんてのは誰にでもできることじゃない。生やさしいことじゃなかったんだ。

日の光を浴びたほうがいいのかな、とぼんやり思いつつ、俺は真っ昼間にカーテンを閉ざした部屋で布団に横たわっていた。ふと、藤崎氏が大事にしていたサボテンのことを思い出した。ずんぐりとした姿で深い緑色をした表面に、金色の細かなトゲをたくさん生やしていた。窓辺でじっと、あてもなく何かを待ちつづけているかのようだった。あのサボテンにも、いつか開花のときがくるんだろうか。俺は、自分自身を粗末に扱っていないだろうか。

夜、喉の渇きを覚えて台所に立った。蛇口からシーッとかすれた音をさせて水をコップに流し込んでいると、すりガラスの窓のそとに、通り過ぎる人影がちらりと見えた。蛇口を止めてコップから水を飲んでいるうちに、台所のすぐ横にある木製の玄関ドアをドン、ドン、ドンと強めに叩く音がして、それに合わせて目のまえの窓ガラスがかすかに震えた。こんな時間に人が訪ねてくることに、思い当たる節がない。カサッとレジ袋の動く音がして、

「河瀬ーっ」と俺の苗字を呼ぶ声が響いた。「生きてるかーっ」

辞めた引越会社の先輩か誰かだろうか、と俺は思った。はっきり特定はできないものの、語調からすると知り合いではあるらしい。また働きに来いよ、という呼び出しだったらどうするか。骨折の痕の指の痛みはもうすっかり消えている。じゃあ行きます、と答えたい気持ちが湧きかけたけど、繁忙期でもないのにわざわざ辞めたアルバイトに声をかけに来るってこともないだろう、と冷静になった。

ふたたび玄関ドアを無造作に叩く音がして、流しのまえの窓ガラスがまた揺れた。築四十年を超すオンボロアパートをあまり乱雑に扱うものじゃない。俺はむっとしながらドアをあけた。室内から漏れ出た明かりを受けて正体を見せた男こそ、吉村だった。吉村は俺の顔を見るなり、

「わーっ、生きてた」と言って、気分よさげに笑った。

「なんだよ。こんな遅くに前触れもなく来やがって……」

そんなふうに言ったけど、吉村が来てくれて内心うれしかったんだ。

「前触れも何も、電話が通じないんだよ。玄関のベルも鳴らないし……」

吉村はすねたように口をとがらせて、チャイムのボタンを指で二度つついて見せた。故障し

ているらしいとわかったけど、それで不都合ということもない、と思って俺は気に留めなかった。そういえば吉村は、俺の持っている停止中の携帯電話の会社に勤めているんだったと、このときふと思い至った。間接的に、俺は吉村に借りがあることになるんだろうか。

「まあ、飲もうじゃないか。買ってきたから」

そう言って吉村が、手に提げたレジ袋をカサカサと揺すって見せた。俺はうなずくと、吉村を部屋に上げた。

座卓のまえに腰を下ろした吉村は、卓上に缶ビールを置きながら、

「河瀬が万年床のうえでミイラになってるんじゃないかと心配になって、見に来たんだ」

と言うと、ポテトチップスの袋をあけた。

「あと何日か遅かったら、本当にそうなりはじめていたかもしれない」と俺は答えた。

吉村は飲み会の帰りがけだったから、すでに酔いがまわっていた。ほどなく俺も酔っ払った。

このとき吉村から聞いた話のほとんどは、俺の記憶のなかで輪郭がぼやけてしまっているけど、一つだけ、くっきりと覚えていることがある。

最近どうしてるんだろうね。

菜摘がそうつぶやいた。飲み会の席で、俺の近況を尋ねてくれたという。たったそれだけの言葉だったけど、泣き出したくなるほど心にしみた。実際に俺は泣いていたんじゃなかったか。

菜摘の声を直接耳にしたわけじゃなく、吉村の声に変換されたものを伝え聞いただけなのに。

俺はずっと菜摘のことを忘れたふりをしていた。思い出しても会えるわけじゃなく、つらくなるだけだから。別れて三年あまりのあいだ凍結していた感情が、一挙に解凍されたかのようで、だけどそれをどうしてよいのか持て余した。

菜摘から離れることが、俺にとって彼女の幸せのためにできる唯一のことだと思っていた。だけど、それ以外にできることがあるんじゃないか。菜摘の幸せにいくらかでも寄与できるような者になって、ふたたび姿を見せるということが、ひょっとしたら……。

綿飴チョコの企画の仕事に菜摘が精を出している。ぼやけているなりに、そんな話も記憶に残る。じゃあ、俺は？　最近どうしているか。とても話せたものじゃない。

菜摘に近況を話したい。話せるような近況がほしい。馬鹿げているかもしれないけど、そんなわけで俺はいま、船に乗っている。すぐに電話ができなくて、とんだまわり道をしているという自覚はある。

吉村よ、ありがとう。菜摘の言葉と電話番号を、君が届けてくれた。君こそ俺にとって、現代の飛脚なんだ。君とまた会うことも楽しみにしている。こんなふうに呼びかけてみたところで、きっと君がこの手紙を読むことはないだろうけど。

＊＊＊

ひょうたん丸の船中で、幾日かが過ぎていった。日々、どのあたりの海を航行しているのかは判然としなかったけれど、太陽の方向からして、おおかた南のほうへ進みつづけているのだろうとは察せられた。

昼下がり、純一は千夜子とともに船尾の甲板で釣り竿の番をしていた。日が雲の裏に隠れていて、海面に投げかけられた光はやわらかだった。

「純一君、まだあの人のことを思ってるの？」

「あの人……」と復唱して純一は、菜摘の頬の赤みと笑顔を思い起こしつつ、「まあ、そうだね」と答えた。

「望みのない片思いって、苦しいものじゃない？」

「意地悪はよせ」と純一は憤りつつも苦笑して、「せめて『望みの薄い』くらいでいいじゃないか」

「望みの薄い片思いのほうが、もっと苦しいんじゃないかな。望みがなければきっぱりあきらめることもできるけど、少しでも望みがあると思うからあきらめきれないわけでしょう」

「でも、その苦しみって単純な苦痛とは違って、本人が自分からそのなかに顔を突っ込んでしまうような苦痛なんだから、しかたがないよ」

「しかたがないんだ……」と千夜子がため息を小さく吐いた。「蜂蜜の壺に顔を突っ込んで取れなくなったクマのプーさんみたいなものなんだね。苦しそうに見えて、なかで甘い蜜をなめてるんだ」

「本当にそんなふうだったらいいんだけど」となかばふてくされながら純一が言った。

「わたしにとっては、もっとずっとにがく感じられる……」

「千夜子さんの壺って……」と言いかけた純一は、強い引きがあるのに気づいて、「かかった」ととっさに声をあげた。

リールを巻いて糸を引き揚げてゆくと、海面に魚影が見えてくるよりさきに、しなっていた釣り竿が跳ね上がり、獲物を失った針がむなしく海上にきらめいた。

「逃げられたか……」と純一はぼやいて、「魚は自由でいいよ。これだけ広い海のどこに泳いでいったっていいんだから。それに引き替え俺たち、この狭いひょうたん丸のうえから逃げられやしない」

「純一君、逃げたいの？」

「いや、そうでもない」

と純一は打ち消しながら、釣り糸をつかんで針を手元に引き寄せた。千夜子の壺のなかに何が入っているのかは、自由な魚のせいで尋ねそこねた。

その後多少の釣りの成果があり、晩の食卓にはムニエルがのぼった。食事の最中に園田先生が言うことには、今夜のうちにこんとんの近くまでたどり着いて、あすの早朝には取材を始められるだろうとのことだった。取材、という言葉が純一には新鮮に響き、自身の本業がなんであったかを思い出させた。

食後しばらくして、純一が夜の甲板に出ると、ぬるい潮風が身にまとわりついてきた。誰にも見られずにもの思いにふけりたい気分が胸のうちに高まりつつあった。千夜子はあしたに備えて早めに寝るべく、シャワーを浴びに行っていた。

船室の外壁にもたれて腰を下ろした純一が、顔を上げて夜空を眺めると、小さな光をこまやかに明滅させた無数の星に眺め返された。ジーンズのポケットに、あるべきものがあるかどうかを確かめるつもりで純一は片手を突っ込んだ。すると指先に、電話番号をたたみ込んだ紙切れの感触があった。この紙切れこそが、遠ざかってゆく東京の街へとやがて帰ってゆきたい欲求を純一に呼び覚ました。菜摘はいまごろどうしているのだろう。帰宅ラッシュの通勤列車に乗ってドア付近に立ち、ガラス窓から夜空をぼんやり見つめているということがあるだろうか。いま、天にぎっしりと詰まって見えている光の粒のうち、菜摘の暮らす都会の地上へも届いているものは、どれとどれだろう、と心細く思いながら純一は上空にまなざしを向けていた。ときおり流れ星が視界に現れ、短い軌跡を素早くえがいては闇に紛れて消えていった。

ふと、眉間に軽くしわを寄せた菜摘の表情が思い起こされた。笑顔が好ましいのはもちろんのことだけれど、困ったときの顔もまた、純一には心惹かれるものだった。そのしかめ面で菜摘は何を言おうとしているのか。菜摘の額には、富士山のようになだらかな傾斜のしわが寄る。純一がいくらまねしようとしても、杉の木のようにまっすぐなしわしか眉間に刻むことができないのだった。蜂蜜入りの壺は確かに甘いものかもしれないけれど、かぶりつづけているうちに、窒息しそうな苦しさが増してきていた。この壺を叩き割って、あとには破片しか残らないとしても、現実の菜摘の声が聞きたいと純一は焦がれた。たとえ突き放すような言葉でも、菜摘の声であればそれだけでよいとさえ思えた。

船室のドアがひらいた。純一は、しかめていた眉間をぱっとほどくと、甲板に出てきた千夜子のほうを見上げた。千夜子は、白地に紺の模様の入った浴衣に、身をしなやかにくるみ込んでいた。

「座ってもいい?」

「もちろん」

千夜子が純一のわきに腰を下ろした。漂ってきたのはシャンプーの香りだったけれど、純一には千夜子の香りとして感じられた。濡れた髪を長く垂らした千夜子の姿は思いのほか人魚には似ていず、ただ人間の女であって、そのとなりに座っていると純一もなぜだか自分が人間の男であるという自覚を呼び起こされるようだった。純一は宙に視線を向けて、

「けっこう流れ星が落ちてるよ」

「何か願いごとしてた?」

「いや、消えるのが早すぎて、無理だよ」

「ふうん」

と千夜子は相槌を打つと、言葉を継いだ。

「わたしね、最近、夜には壺をかぶって寝てるんだ」

「訊きたかったんだけど、千夜子さんの壺のなかには何が入ってる?」

「ただの塩辛い水だよ。塩辛すぎて、にがく感じられるくらいの水。そんな壺をかぶって横になってるときに、自分がクラゲになったところを思いえがいてみたりしてね、きっと人類も大昔はこんなクラゲみたいな生き物で、大量の塩辛い水のなかを漂っていたんだろうなって考える。いまでは、人間というのは体のなかにほんの少しの塩辛い水を蓄えているだけになってしまって……。そんなことを嘆いたって、しかたがないんだけど」

流れ星がまた一つ上空をかすめるのが見え、純一は黙ってそれをやり過ごした。千夜子が言った。

「竹下さんから、到着までに爪を切っておけって言われたんだ」

「千夜子さんって、爪伸ばしてたっけ」

「伸ばしてないけど、何日分かは伸びてきてる。手と、足と、切っておくようにって」

「足まで?」

「念のため言っておくと、純一君もだよ」

「俺も?」

「竹下さんに、爪切りを渡されたんだ」

そう言って千夜子は、窓から漏れてくる明かりに片手をかざし、もう片方の手に持った爪切りを指先にあてがった。

「暗くない? こんなところで、大丈夫?」

と純一が心配になって尋ねた。

「手の爪ぐらいなら」

と千夜子は答えるとともに、パチンと親指の爪を切った。パチン、パチンと繰り返される小さく爽快な音を聞きながら、純一は千夜子の長くしなやかそうな指をぼうっと見つめていた。切られた爪は、鋼鉄の爪切りを覆ったプラスチックのカバーに溜まっていったけれど、ときどき刃先から、半透明の細い三日月形のかけらがこぼれ落ちた。千夜子はひととおり切り終えると、カバーにたまった爪のかけらを船べりから海に振り落としたのち、純一に爪切りを手渡した。

今度は純一が手を明かりにかざし、プチン、プチンと音を立てはじめた。千夜子のときほど鮮やかな音がしないのは、爪が厚いためなのか、切りかたが下手なのか。そんなことを思いながら、親指から人差し指、中指へと爪切りを移していった。ふと純一は、千夜子のまなざしが自分の指先ではなく横顔のあたりにそそがれているように感じて、わきを見た。千夜子と、目が合う。

「よそ見したら、深爪するよ」

と、なごやかな声で千夜子が言った。純一はうなずくと、視線を手のほうに向け直して爪を切りつづけた。視線の当たっている頬のあたりが赤く火照ってゆくのを自覚しながら、この夜空のもとでは顔色も見分けられまいと思った。

夜が更けて、純一は寝室のベッドのうえで園田先生の静かな寝息を聞きながら、なかなか眠りに就くことができずに何度も寝返りを打っていた。すぐとなりに横たわっているのが千夜子だと想像すると脈拍が強まったけれど、いや、実際には園田先生だと思い至れば気が抜けて、そのうち眠り込んでいた。

洋上に停泊したひょうたん丸から、純一、千夜子、竹下、園田先生を乗せたゴムボートが出発してエメラルドグリーンの海を進みだしたのは、まだ朝食まえの早朝のことだった。ボート上には、サンドイッチや水筒などを詰め込んだナップザックや、調査用の道具類を収めているらしきスポーツバッグも積まれていた。園田先生が、ボートの船尾に装着したモーターを操って水しぶきを立てていた。

「園田先生」と双眼鏡を目に当てながら竹下が言った。「こんとんは、まえよりも大きくなってるんじゃないでしょうか」

「いやあ、そんなことはないでしょう。僕は、変わらないんじゃないかと思いますがね」

珊瑚礁に囲まれた浅瀬に、茶色い大きなかたまりが載って水面上に姿をのぞかせ、遠目にはゆるやかな岩山が日差しを受けて照り返しているように見えていたけれど、近づくにつれ、岩とは違うもっとなめらかな肌合いが感じられるようになってきた。茶色いかたまりのやや手前の海上に、板張りの台が設置されていた。園田先生はボートを寄せると、純一と千夜子に台に上がるよう促した。

木の台は、ときの経過によるものか、灰色みを帯びたくすんだ色をしていた。あたかも浮き桟橋の先端部分だけが陸地との接点を持たずに海上に取り残されているふうだった。台に立った純一と千夜子を見上げて、園田先生が言った。

「それじゃあ、ここで全部脱いでから、こんとんに上がってください。そんなに水も深くないから、ここから泳ぐというほどでもないでしょう。取材のやりかたについて細かいことは申しません。それぞれに、見たこと、感じたこと、味わったこと……ま、味わうようなことがあるかどうかはわかりませんが、体験というのか、体感というのかな、そんなようなことを報告してくれたらけっこうです」

「あの、細かいことを言うようですけど」と竹下が口を挟んだ。「爪はきのうのうちにちゃんと切ってきましたね？　こんとんに傷がつくようなことがあってはいけませんから。歩くときも、二足歩行よりは、四足歩行か、匍匐《ほふく》前進のような方法をお勧めしますよ。着ているものを脱いでもらうというのも、こんとんの保護のためです。何も持たずに、手ぶらで行ってください」

「筆記用具とかはどうすればいいんでしょうか」と純一が尋ねた。

「あら、そんなもの持ってきたんですか」

「いえ、持ってきてませんけど、取材というので……」

「かまいませんよ、いりません」と園田先生が応じた。「記憶にとどめておいて、あとで書き起こすか、僕らに聞かせてくれればいいんです」

「ペン先がこんとんに刺さったりしたらたいへんでしょう？　くれぐれも、慎重に振る舞って

ください ねえ」

「慎重かつ大胆に」と園田先生が言い添えると、

「慎重のうえにも慎重に」と竹下が不機嫌そうに言い直した。

「質問ですけど、全部脱ぐっていうのは、この髪を結わえているゴムもですか」

「そうですよ」と竹下が千夜子に答えて、「全部脱ぐといったら全部です」

千夜子はさっそくゴムを外して髪を下ろすと、

「ちなみに、朝ご飯はここで食べるんですか」と訊いた。

「まあ、気が早いんですねえ」と竹下があきれ気味に言い、「ここに、ナップザックを置いていきますよ。でも、さきに仕事に行ってきてくださいねえ。戻ってきてからにしましょう。わたしたちはこれから、海のうえからぐるっと一周しますから、大井さんと河瀬さんは、こんのうえを一周するつもりで行ってみてくださいよ。まあ、どんなコースでもかまわないですけど、せっかく二人いるんだから、できれば別々の進路を採ったほうがいいでしょうね」

竹下は、サンドイッチと水筒の入ったナップザックを台の片隅に上げると、

「さあさあ、わたしたちも出発しますから、あとはよろしくお願いしますよ。園田先生、行きましょう」

園田先生がモーターを起動すると、ボートは低いエンジン音とともに水をはね散らかして台

から遠のいていった。

　台のうえに残された純一が、顔を見合わせるつもりでかたわらに目を向けると、千夜子はすでに薄緑色のノースリーブシャツの裾をつかんで持ち上げているところだった。純一はあわてて視線をそらし、紺地に白い水玉模様の半袖シャツのボタンに手をかけた。たったいま見えた千夜子のくびれた脇腹と小麦色の肌の残像をどう処置してよいか、持て余していた。そうしているあいだにも千夜子はすぐとなりで、どんどん裸の度合いを増しているはずだった。長らく美術モデルを務めていたという千夜子だ。画学生であれば、これを美術上の題材ととらえて平然としているべきところかもしれないけれど、純一には美術的な心がまえなど備わっていない。余計な興奮をきたさないためには目を向けないようにするほかはないと思い定めて、ボタンを外し終えた半袖シャツを台上に落とし、むき出しにした上半身に朝の涼しい潮風を感じつつ、前かがみ気味になってジーンズを下ろし、トランクスを脱ぎ去った。股に垂れ下がったものに軽く手を触れて、なかばかぶさっていた包皮をぺろんとむいてしまったのは、一種の見栄であり、銭湯の脱衣場でいつもやっている無意識の癖だった。純一は自分の動作に気がついて、何しろ全部脱げと言われたのだ、と開き直るように思いつつ、ふと顔を上げると、海上に浮かんだボートから竹下が双眼鏡でこちらをのぞき込んでいた。純一からは小さくしか見えない竹下だったけれど、竹下の拡大された視界ではいままさに純一と目が合ったに違いない。

「わっ」

と純一は衝撃を受けて顔をそむけると、千夜子の全裸姿が目に入ってしまい、そのことでまた動転して視線を不規則に揺らした。千夜子が純一の狼狽ぶりをまえにして、

「なんか、照れるね……」と、はにかんだようにつぶやいた。

仕事で裸になることに慣れているはずの千夜子にしては意外な言葉だと純一は感じた。あらためて千夜子の姿が視野に入ると、胸のふくらみを片腕で隠すようにしているのが見えて、脱力していた純一の下腹部がにわかに持ち上がりかけた。とっさに純一は海に飛び降り、腹まで水に浸かりながら、こんとんに向かって駆けたい気持ちで水の抵抗を受けつつ浅瀬を前のめりに歩いていった。

「どうしたの、そんなに急いで」

と千夜子がおかしそうに声をかけ、純一に続いて水に落ちる音を立てた。

「仕事、やる気になってきちゃったんだよ」

と純一は振り返ってごまかし半分に言ったかと思うと、つまずいて水中にぶざまに倒れ込んだ。

「大丈夫？　純一君」

千夜子の笑いをこらえたような呼びかけの声と、水中を歩いて近寄ってくる水音とを、海面

上に顔を出した純一は聞いた。

「ここ、気をつけて」と純一は立ち上がりながら言った。「砂地とこんとんの分かれ目みたい」

エメラルドグリーンの海水の底に、白い砂が尽きて茶色いかたまりが露わになる境界が、にじんだように見えていた。裸の取材記者の仕事がここから始まるのだ、と純一は心を引き締めた。

こんとんのうえに立った純一と千夜子は、

「足元がぬるぬるするね」

「純一君、すべらないように気をつけるんだよ」

と言葉を交わすと、別々の方向へ進もうと決め、互いに背を向けて歩きだした。

純一は、後ろ姿なら見てもいいかと思い、立ち止まって振り向き、千夜子の肩甲骨のうえにかかったつやのよい髪や、足の運びに合わせて揺らぐ大きな尻などに目をやった。すると千夜子も振り返って純一を見た。純一が照れ隠しに軽く手を振ると、千夜子も手を振り返してきて、またそれぞれに歩いていった。

足の皮は厚い。もし足の裏というものが鈍感にできていなかったら、人間は歩くこともままなるまい。それでも、足元がぶよぶよしていて水気が多くひんやりしているというくらいのことは、純一の素足に感知されていた。さらに歩いているうちに、鈍感では済まされないほどの肌触りが感じられるようになってきた。いくぶん早足になってみたり、ことさらゆっくりした足取りになってみたりして、ぬめりのある表面からもたらされる快い刺激を楽しんだ。皮が薄くなってしまったのかもしれないと思いつつ、歩みを止めて足の裏を調べてみる気にはならなかった。

どのくらい歩いたのかはわからない。小高い丘のようでもあるこんとんの裾のあたりをめぐっていて、まだ千夜子に会わないので半周もしていないのだろう。小休止のつもりで膝立ちになって、両手もついた。こうすると、足をすべらせて転ぶ心配もない。純一はそのままの姿勢で歩いてみた。足の裏から伝わっていた気持ちよさが、こんとんに触れた膝からもにじんできたし、手のひらからも湧き昇ってきた。

手足をぴたんとこんとんにつき、ぴちゅっとこんとんからはがすたびに、刺激が体のなかを細やかに震わせながら駆け抜けてゆく。喉元から口へと、熱い水蒸気のかたまりが吐息となってこぼれ出る。腐りかけた海藻めいたにおいがあたりに漂っていて、鼻腔から流れ込んできては体内へと浸透してゆく。こんとんの様子を眺めてやろうと顔を近づけてみた。茶色い表面はつやつやとして潤んだ透明感があり、なかに焦げ茶色や薄茶色の小さな渦巻きが点在しているのが見える。どれほどの深さまで透けて見えているのかは定かでない。

もっと間近から見ようと顔を近寄せるうちに、手足の支えが外れて腹部がぱしゃんとこんとんに落ち、うつ伏せの恰好になった。これでいい、という心持ちがして、腹這いの姿勢から尻をもたげてまた腹這いになり、尻をもたげて腹這いになり、と繰り返しながら進んでいった。顎先から足のつま先にいたるまで、こんとんにへばりつき、こすれて、心地よい感触が体の前面のあらゆる皮膚から引き起こされていた。本来、性器が備わっているのは腰のあたりだけだったはずだということを、いつしか純一は忘れてしまった。

波打ち際ばかりを進むことに飽き足らなくなり、這いずったまま丘を少し登ってみた。頂上を目指すつもりでもなく、途中まで来ると今度はごろごろと転がり降りた。いままで日を浴びるばかりだった背中や尻がこんとんに触れると、火照った皮がジュッと焼きついて冷まされるような快感が走り、回転する体のなかに染み広がっていった。

転がってきて水際に止まったときには、全身が粘り気のある無色の液体まみれになっていた。自分自身が名も知れぬ海産物になったようなにおいをまとっているのを純一は感じた。ねばついた唇を内側からこじ開けるように舌先でなめると、だしの利いたスープにも似た味がした。いっそこのまま海に潜ってイカになってしまいたいような気がした。そうすれば、やがて網にからめ捕られて漁船に引き揚げられ、日本へ連れて行かれることだろう。あの寿司好きの種族の暮らす島国へ……。

仰向けに寝そべった純一の視界には、まだ高く昇りきらない黄色い太陽と、青く澄みわたった空だけがあった。呼吸を整えてから、裏返ってうつ伏せの体勢になり、ふと見はるかすように視線を上げると、前方に人影らしきものがある。千夜子か。でも何か見慣れているのと様子が違う。そう思って起き上がり、急ぎ足で近づいてゆくと、やはりいつもとは違っていた。

千夜子は、腰のなかばまでこんとんのなかに沈み込んだようになっていて、上半身を大気中にさらした恰好で、海のほうを向いて寝入ったように目を閉じていた。

「どうした？　千夜子さん」と純一がけげんな思いで声をかけた。

千夜子は目をあけ、正面に純一が突っ立っていることに驚いたように、

「ああ、純一君。どうしたの、純一君こそ」

「どうもこうも、まじめに取材してたんだよ。足だけで歩いたり、はいはいで進んでみたり、腹這いで移動したり、丘から転げ落ちてみたり……」

「へえ、そんなことしてたんだ」と感心したような、あきれたような口調で千夜子が応じた。

「わたしなんて、ちょっと歩いてみてもおんなじような風景ばかりだったから、わざわざ動かないで腰を据えていてもいいかなって思って。そしたら、いずれ純一君がぐるっとまわって、ここまでやってくるだろうとも思ったし」

「なんだよ……」と純一は苦笑して、「それで千夜子さん、埋まっちゃったの?」

「わたし?　わたしは埋まってなんかいないよ」

「だって、下半身がこんとんのしたに……」

そう言って純一は遠慮もなく千夜子の上半身のまえに身をかがめ、透き通ったこんとんのなかに漬かった下半身が見えるはずだと思って眺めた。けれど、それらしきものが見えないばかりか、こんとんと千夜子の上体とのあいだに、はっきりした継ぎ目さえも見当たらない。こんとんの茶色と千夜子の肌の小麦色とがにじみ合ったようにつながっていた。

「わたし、溶けちゃったんだろうね、こんとんのなかに」

「えっ……」

純一は、からかわれているのだろうかと疑念に駆られつつ、

「ひょっとして穴を見つけた?　穴に、はまっちゃったんだ」

それだったら助け出しようがある。純一は千夜子を大根でも掘るかのように抜き取ろうと思った。

「穴なんて見かけなかったよ。ただここに座ってただけ。うつらうつらしてたら、溶け込んでたみたい」

純一は、重だるく湿ったため息を吐き、千夜子のまわりを見まわるようにめぐって、また正

面に立った。

「どうしたらいいんだ。下半身が溶けて、なくなってしまった？」

「そうね。『なくなってしまった』というのは、当たってるようで、ちょっと違うような……。下半身が広がったともいえるよ。ある意味で、これがわたしの下半身なんじゃないのかな」と言って千夜子はこんとんの表面を両手でぴちゃぴちゃと叩いた。

「た、たいへんなことだよ、これは……」

「いいんだよ、これで。なくなったんじゃなくて、変化しただけ。純一君も、自分の体の変化に気づいてる？」

「俺？」

「だってほら、股のあいだ。身軽になってる」

「ええ？　なんだ？」

純一が自分の股に目をやると、あったはずの性器がペニスと睾丸ともども見当たらず、のっぺりとして赤みを帯びた肌が粘っこい透明な液をまとって濡れ光り、まわりに縮れっ毛が少しだけ生え残っていた。純一は両手で顔を覆って、こんとんに膝をついてくずおれた。

「純一君、大丈夫なんだよ」と千夜子が純一の肩に手を置いた。「なくなったわけじゃない。こんとんのなかに、溶け込んでるんだよ」

純一は顔を上げず、首を横に振るばかりだった。

「だってわたし、感覚があるんだよ。溶けているのは、わたしの下半身だけじゃない。純一君にくっついていたものも、なかに溶けてきている。さっきから、ずっと……。最初は硬かったけど、だんだんほぐれて、もうすっかりとろけてるみたい」

千夜子は、顔を手で覆ったままでいる純一を慰めるかのように抱き寄せた。純一も、震える手を千夜子の背中にまわした。純一の顎から喉にかけての曲面が、千夜子の肩のうえの曲面に、はめ合わさるように載った。千夜子の乳房が、押しつぶされるほど強く純一の胸に当たった。

「鼓動……」と千夜子がつぶやく。

「鼓動？」

「うん。自分の鼓動よりも、人の鼓動のほうがしっかりと感じられるっていうのは不思議なことだね。響きも、温もりも……」

千夜子の鼓動は乳房に阻まれながらもかすかに純一の胸に届いていた。けれど、それに感じ入っていられないほどの不安に駆られて純一は口をひらいた。

「なんとか取り戻せないかな、俺たちの体……。千夜子さんは、つらくないの？」

「つらくないよ。だって、とても心地がいいんだから。いまは平静を装ってしゃべってるけど、目を閉じたらもう駄目だと思う。何も言葉が浮かばなくなってしまう。ねえ、純一君もそんなところにいるからつらくなっちゃうんだ。もっと入ってきたらいいんだよ、深く、深く、こんとんのなかに。そうしたら、なくしたと思ったものがなくなっていないとわかる……」

ふと千夜子が息をのみ、純一の体にからめた腕をきつく締めるとともに、背中の皮を指先で力まかせにつまんできた。純一の肌から汗がにじんで、体中に貼りついていた粘り気のある液体に混じってゆく。千夜子のひじが痙攣的に何度も何度も、純一の脇腹を締めつけつづけた。声にならない吐息が繰り返し千夜子の口から漏れて出る。純一は、手を離したらどこか果てしのないところまで吹き飛ばされてゆきそうで、無我夢中になって千夜子にしがみついていた。千夜子の体を通して、しびれるような快感が大きな波動となって純一の体にまで絶え間なく押し寄せてきていた。性器のない純一の腰が波動に合わせてなめらかに揺らぎ、千夜子とこんとんのあいまに沈み込んでゆこうとするかのように動きつづけているのを、純一は自覚していなかった。

「わかる……」と千夜子が吐息に交ぜてかろうじて絞り出すように声を発した。「わたしには、わかる。わたしも、純一君も、なくなってない。ただ、形を失って、散り散りになっているだけ」

純一は恍惚として気を失いかけながら、千夜子の言葉をどうにか聞き分けると、

「形は、必要だよ。俺、どこかに落としてきたんだ。捜しに行かなくちゃ」

うわ言のようにつぶやいて、純一は千夜子の抱擁から抜け出ようと身を揺すぶった。喉がひどく渇いて、口のなかの唾液がすっかり固まってしまったようだった。

「どこに行くの？」と千夜子が言った。「捜したってどこにもないんだよ、こんとんのなか以外には……。ねえ、誰のところに行くつもり？　ほかの人のことは、忘れてしまいなさい。永遠に、忘れるの。わたしは、もうどこへも行けないし、どこへも行かない。ねえ抱き締めて。胸の鼓動を、もっと……」

千夜子の体が小刻みに震えているのを、純一は感じ取っていた。

「寒気がする。だから、温めて……」

千夜子の冷えをいくらかでも中和するように、純一は両腕を締め、密着した肌から体温を移し伝えようとした。

「鼓動を、感じる」と言って、千夜子が安らいだようにふーっと大きく息を吐いた。

眉間になだらかな傾斜のしわを寄せた菜摘の困り顔が、純一の脳裏に浮かんでいた。ベランダのサフランに、水をやっておいて。そんな菜摘の頼みごとが思い起こされる。だらしないことに、すっかり忘れていた。サフランに、水を……。いまからでも、間に合うだろうか。

「どうしたの？　……わたしを、置いていくの？　ここにいてほしい。離さないよ、純一。全部欲しい。全部あげるから……。お願いだから、行かないで。お願い……」

と千夜子が制止するのを聞かず、純一は身を振りほどいて駆けだした。自身の湿った足音に混じって、駄目……、という千夜子の声が聞こえたような気がした。いくらも行かずに、足をすべらせて転んだ。上体を起こし、振り返ってみると、千夜子の姿はもう見当たらなかった。

「千夜子！」

這いつくばって千夜子のいたあたりに戻ってくると、こんとんの茶色く湿っぽい表面に、巨大な血のしずくの滴り落ちた痕にも似た、赤黒い染みらしきものが残っていた。純一は四つん這いの姿勢で染みのうえに身を乗り出し、じっと視線をそそぎつづけた。いくらのぞき込んでも、そこに千夜子の姿形が還ってくるはずもなかった。

「ごめん……」

と震えを帯びた声が純一の口から漏れた。千夜子……とまた名を呼ぼうとしたけれど、喉元につかえて声にはならなかった。やがて、ぽつん、ぽつんと目から小さなしずくがこぼれて、こんとんの表面の染みに触れては砕けた。

海のほうを向いて赤黒い痕跡のうえに座り込み、純一はまぶたを閉じて、千夜子の形が失われたことを思って打ち沈んでいた。自分がそばを離れなければ、失われずに済んだのだろうか。根気よくやれば、人参のように抜き取ることもできたのか。サフランの水やりなど、いさぎよくあきらめるべきだったのか。もはや、股のあいだの落とし物を捜しに行こうという気も起こらなかった。千夜子の言葉を信じるならば、千夜子はなくなったわけじゃない。こんとんのなかに溶け込んでいったのだ。失われたのは、形だけ。そう信じてみたいと純一は思った。

あぐらをかいて座った純一の尻が、熱く火照っているようだった。プツ、プツ、プツ、と小さな泡が立っては消えてゆく音と感触が、尻のあたりに感じられ、太もものあたりに感じられ、腰のあたりに感じられつつあった。純一は自分の体が縮まってゆくというよりも、広いところへ伸び伸びと解き放たれてゆくような爽快さを身に感受していた。渇ききった喉が、体の底のほうからじんわりと潤されてゆく。腰までこんとんに溶け入ったところで、生温かくてやわらかい陶酔が頭のさきまでこみ上げてきて、落としたと思っていたものとふたたび合流したのだと気づかされた。

純一自身の溶け入った体の感触に、千夜子の全身のものらしい感触が混ぜ合わさって流れとなり、純一の上半身とこんとんのあいだを野放図に循環しはじめると、純一は安堵を覚えるとともに、愉悦のあまりに自分自身が誰であるかさえ覚束なくなってきた。体内を駆けめぐる無数の粒子に誘われて、体自体がどんどん粒子となってよろこびながら流れ出てゆく。こんとんとしながら、こんとんのなかへ、千夜子は溶け果て、純一もまた溶けてゆき、こんとんになろうとしているようだった。こんなありさまになってなお、純一の脳裏にはただ一点、忘れられない名前が残っていた。

＊＊＊

たどり着いたら不思議な場所だった。

君に手紙を書きたいんだけど、筆記用具を忘れてきてしまった。近況を知らせたいと思っていたのに、ずいぶん遠く離れたところへ来たものだ。

じつはついさっきまで、とてもすてきな女の人と二人きりで抱き合っていた。誤解されてもかまわない。いや、誤解じゃないな。本当にそうだったんだ。

彼女はしなやかで賢くて、俺は愚かでかたくなだった。君に語れないような土産話は持ち帰りたくない。その一心で、俺は彼女に呑み込まれないように踏ん張ってきた。無駄な抵抗だった。すっかりからめ捕られてしまったよ。そんなことを告げるのは心苦しいんだけど、正直に語ることにした。

いまも彼女は俺のすぐそばにいる。それどころか、俺と彼女を隔てていた肌と肌が溶け合ってしまった。俺は俺であるだけでなく、彼女でもある。どうもそんな体の具合なんだ。それでいて俺でもなく、彼女でもない、無数の誰かと一緒に溶けている。俺というものがずいぶんと広がって、海に浮かぶ島みたいだ。なんでこんなに大きくなっちゃったんだろう。俺は不思議な場所になってしまった。

　この体のことがよくわからない。土のようでもあって、水みたいでもあるんだ。じっととどまっているのに、さかんに動きつづけている。見かけだけでもずいぶん大きいんだけど、実体はもっとはるかに大きいんじゃないか。この体のどこにも穴が空いていないようでいて、いたるところが穴のような感じもする。

　もう人間じゃないんだ。ほとんど人間じゃない、と言ったほうが正確かな。頭だけがまだ残っていて、そのなかを言葉が行き交っている。最後の悪あがきだよ。この抵抗が終わるとき、俺の頭は島のなかに沈み込んでいることだろう。俺はもうすっかり俺じゃなくなる。そうなっても、君のことを覚えていたい。頭が、なくなっても？　どうしたらいいんだろう。寂しいけど、この寂しさもなくなってしまうのかな。

　俺のものじゃない無数の声の残響がかすかに聞こえている。そんなふうに感じるんだけど、言葉として聞き取ることができない。声なんかじゃなくて、水の流れる音にすぎないのか。体のなかで響いている。

　人間であることをやめるからって、命が止まるわけじゃない。命は、これまでもずっと続いてきたし、これからも果てしなく続いていく。人間よりもマシな存在になりつつある。そんな気がしてならないんだ。だから何も心配しないでほしい。ここは温かい場所だよ。

ついこのあいだまで、俺は俺自身を見捨てようとしていた。何も食べずに布団に横たわったまま、飢え死にできるほどの辛抱強さがあったら、そうしていたかもしれない。だけど俺は立ち上がった。君の声が聞きたくなったから。まっすぐには近づけなかった。準備が必要だったんだ。そしてここまでやってきた。後悔することは何もない。けっきょく俺自身を手放すことになるんだとしても。

働くつもりでここへ来たのに、俺の仕事はどこへ行ってしまったのか。生きていくには少しだけ稼がなくちゃならなかったはずなんだけど、そんな必要もなくなってしまった。いま、こうして君に届くはずもない言葉を海のかなたでつむぎつづけていること。それが、俺の仕事だろうか。

君の仕事のことは、友達から聞いている。新しいお菓子の企画に取り組んでいるそうじゃないか。それを知ってわくわくしたよ。寝る時間も削って、目のしたにうっすら隈が出るほどひたむきに働いているんだってね。どうか体に気をつけて、あまり無理を重ねることのないように、と願っている。

俺も人間だったから知っているつもりだけど、人間の体も心も、自分で思っているほど頑丈じゃないってことがある。すっかりくたびれ果てて、何もかも投げ出してしまいたくなることがあるかもしれない。ただ生きつづけているだけでもつらい、なんてことがないともかぎらない。そんなとき、この島のことを思い浮かべてほしい。こんな生きかただってあるんだ。

思い浮かべるだけじゃ耐えられなかったら、こうするといい。スポーツ新聞を買いに行くんだ。そして求人欄にじっくりと目をこらす。裸の取材記者を募集していないだろうか。見つけたら、電話をかけてみる。あとは指示に従って船に乗り込んでしまうんだ。君もこの島へたどり着く。

もし、目当ての求人が見つからなかったら、どうするか。その日はあきらめて眠ってしまうしかないだろう。また別の日にあらためて挑んでみてほしい。どうか、あせらずに……。

君がここへ来てくれたら……。そんな望みをいだかないってわけじゃない。一つになってしまいたい……。でも、そうなってほしくないって気持ちもあるんだ。人間としての君の姿を、愛おしく思う。俺が人間でなくなりつつあるから、なおさら、そう思うのかな……。会いたい……君に。ゆっくりで、いいよ……。全部あげる。全部……。ここへ来て。一緒に、生きて……。どうしたらいい……。一つになりたい。

＊＊＊

ダイビング用の保護スーツ、手袋、ブーツに身を包み、足にはさらに木製のかんじきを装着した竹下と園田先生が、こんとんの波打ち際を歩いていた。かんじきは元来、雪のうえを沈まずに歩くためのものであり、足元がいかにやわらかですべりやすいとはいえダイビングウェアと不釣り合いの感は否めない。一歩ずつハンコを押すかのような動作で、垂直に下ろした足に体重をしっかりとかけながら進んでゆく。竹下ののぞき込んだ双眼鏡の視界には、こんとんの表面に突き出た人間の頭があった。

竹下と園田先生は頭のまえにたどり着くと、しゃがみ込んで間近から様子を眺めた。まぶたを閉じて、眠り込んでいるように動かない顔があった。

「河瀬さん」

竹下が呼びかけると、目を見ひらいて竹下と園田先生をうつろに見上げたのは純一の顔だった。

「河瀬さん、仕事のほうはどうですか」と竹下が尋ねた。

「しごと……」と純一がぼんやりとつぶやいた。

「お忘れじゃないでしょう。あなたはただ、どろんどろんに溶けるためにここへ来たわけじゃないはずです。取材記者の仕事ですよ。こんとんについて、どんなことがわかりましたか」

純一が、気の抜けた顔つきでまばたきをして、

「こんとん、こんとん……、わかりません」

「あらあ、どうしましょう」と竹下が困惑げに首をかしげ、視線を園田先生に向けると、「せっかく頭が残っていると思ったのに」

「ま、いいじゃないですか。わからないということがわかったんですから。とにかく、初めて見る現象です。どうして頭だけが残っているのか、こんとんによる摂取が止まってしまったのか、これを調査してみないといけませんなあ」

「そうですよ。調べてください」と竹下が応じた。

園田先生はしゃがんだ恰好のまま、目のまえの純一をじっと注視して、

「河瀬君は、人間として、何か心残りなことでもあるんじゃないかな？　心残り」

「こころのこり……」と純一が復唱した。

「つまり、頭のなかに残っていること、ですよ」と竹下がいら立ったようにたたみかけつつ、純一の額を指さして、「何が残っているんですか、このなかに」

「菜摘……」

「まあ、出てきましたよ、残っていたものが」

竹下はそう言って園田先生のほうに顔を向け、はずみでおかっぱの髪が頰にかかると指でまどろっこしそうにかきのけた。

「菜摘がどうしました？」と園田先生が純一に声をかけた。

純一は、いままで目をあけたまま眠っていたかのように、はっとして園田先生を見つめ直すと、

「菜摘に、電話しなくちゃ。菜摘に電話するために、ここへ来たんだ。手紙は書けない。声が聞きたい。ねえ、お願いします」

「おや、電話ですか」と園田先生がうなずいた。

「電話なんて、こんなところでできるわけがないでしょう」と竹下が純一に向かって不機嫌そうに言い聞かせた。

「だったら、綿飴チョコください」

「あらいやだ。言ってることが支離滅裂になってきましたよ、園田先生」と声をかけてから、竹下はまた純一に目を向けて、「知りませんよ、そんなもの。聞いたこともない」

「それじゃあ、バナナは？」

「どうしたのかしら。次から次へと……」

「俺、バナナは皮ごと食べるよ。夢で菜摘にそう言われたんだ。バナナは皮ごと食べるんだよ、って。夢でもうれしかった、菜摘が話しかけてくれて。俺がバナナを皮ごと食べたら、菜摘に伝えてください。バナナを皮ごと食べてました、って」

「バナナなんて、ありませんよ」とあきれ果てたように竹下が応じた。「だいたい、夢のなか

で言ってたことなんて、言った本人が覚えてるわけがないじゃありませんか」

「甘栗、お土産……」と園田先生がつぶやいた。

「なんですか、園田先生まで」と不審そうに竹下が言った。

「どうして……」と純一は頭のなかから言葉を必死で探し出すかのように顔をしかめて、「どうして俺はイカにならなかったんだろう。ねえ、どうして」

純一から鋭く見すえられた園田先生は、目を閉じて首を横に振るだけだった。

「イカになって、回転寿司……」と純一がつぶやいて、「菜摘は、イカの皿を取ってくれるんだろうか。一皿、百円……。たった百円なんですよ、俺は！」

竹下は背負っていたナップザックから紙切れを取り出すと、

「あなたの言っている菜摘という人は、この紙に名前が書いてある人でしょう？　ズボンのポケットに入っていたのを持ってきてしまいましたけど」

「その紙……、電話番号が、書いてありませんか」

「書いてありますよ、ほら」

竹下が、確かめさせるように純一の顔のまえにかざした。

「かけてください、そこに」と純一が、すがるような声をあげた。

「かけませんって。どうして、わたしたちがそんなことをしなくちゃいけないんです。あなたは職務放棄をしたんですよ。わかってます？　取材記者の仕事をなんにも果たせなかったじゃないですか」

「竹下さん、いいんですって、そんなことは」と園田先生がなだめた。

「ええ、だけど生意気じゃありませんか、この頭は」と竹下はいきり立って言うと、軽くため息を吐いてから、「園田先生、調査はもうそろそろけっこうなんでしょうか」

「いや、もう少し……」

「かけろ」と純一が耐えかねたように声を絞り出した。「かけてくれよ、お願いします、電話……。元気でやってるよ、って……、一言だけだよ。お願い……。サフラン、水やり、だらしない……。でも、花は咲いたよ」

園田先生がびくりと小さく身を震わせた。そして純一の目をのぞき込むように見つめて、ゆっくりと、

「花が、咲いたか」

「会えなくても、ここで待ってる」

その言葉に園田先生は口元をかすかにほころばせると、穏やかな口調で、

「僕には会えたが、それじゃ駄目かい？」

「よく来た、坊や。待ってたぞ」と不意に高揚した声で純一が応じた。「ずうっと、ずっと、

待っていた。一緒に甘栗が食いたかった」

まじまじと純一の顔を見つめ直して、そっと息を吸い込むと、

「僕もだよ」と園田先生は言った。「ずっと捜しつづけていたんだ」

「ずいぶん大きくなったねえ」と純一が園田先生を見上げて、「生きてるうちに、会えてよかった」

園田先生は無言で、ゆっくりと大きくうなずいた。純一は見まわすように目を左右に向けると、ふたたび園田先生に視線をすえて、

「甘栗は、どこ？」

「お腹が、すいてるのかい？」

「大丈夫。菜摘に電話。どうしても」

竹下が二人のやりとりに割って入って、

「河瀬さん、あらためて言いますが、わたしたち、菜摘に電話なんてかけやしません。どうぞあきらめてください。この紙が余計な希望をいだかせているようですから、処分しますよ。破いて海に捨てたいと思います」

シャッ、シャッと軽妙な音を立てて、紙切れが竹下の手のうちでばらばらに引き裂かれ、ちぎられてゆく。純一が、信じがたい蛮行の瞬間を目撃したかのように目を見ひらいて竹下の手

元を注視し、口を小さくあけて絶句していた。

「ほら、粉々になりましたよ」

竹下が、手袋をした手に雪のような細片を載せて、純一の鼻先に突き出した。純一は、せめてその紙片を食べさせてもらえると思ったのか、口を大きくひらいて、ヤギみたいな潤んだ瞳で竹下を見上げた。

「まあ、図々しい……」

竹下はとっさに手を引っ込めて目をそむけ、立ち上がると、海に向かって歩きだした。濃紺のダイビングスーツでくるんだ華奢な体におかっぱ頭を載せた竹下が、波打ち際から浅瀬に踏み込んで、足で海面を押し砕き、すねで水を蹴り、膝に小波をかぶって進んでゆく。ゆったりした波の音の合間を縫って、海水をかき混ぜる彼女の足音が、ささやかなリズムを刻んでいた。

腰のしたまで海水に漬かったあたりで、彼女は足を止めた。手が振り上げられるとともに、彼女の頭上に紙の小雪が舞った。雪片は陽光を受けて白くちらつきながら、エメラルドグリーンの海面に散り落ちてゆく。

そのとき、空一面がにわかにうすら白くなり、雪が舞いだした。大きな粒のぼたん雪が、静かに、ひたすら降りしきる。海の水は冷たげに、黒っぽく沈んだ色をしていた。雪がみるみる降り積もり、地上を白く染めてゆく。真っ白になった浜辺を横切るように歩いてゆく少女の姿があった。赤いジャンパーで着ぶくれた少女が足を止め、純一のほうを向いた。色白の肌をして、頬にほのかな赤みが差し、焦げ茶の瞳でじっとこちらを見つめている。その顔立ちに、菜摘の面影があるようだった。生暖かい風が吹く。雪が消え、少女が消えた。空と海が明るくなり、青みが戻った。つかのまの幻影を純一は呆然と見ていた。

純一の斜めまえにしゃがんでいて、海のほうに目を向けていた園田先生が、ふと純一のほうに向き直ると、低くつぶやくような声で、

「せっかく花ひらいたところだけれど、七つの穴が命取りになりはしないか」

その言葉が純一に聞こえたかどうかは定かでない。純一の口から発せられる答えはなかった。

プツプツプツプツと純一の首元に泡が立ちはじめた。園田先生は口をきつく結んで、その様子を注視していた。純一の頭がこんとんに沈み込んでゆく。なっ……と小さく叫ぼうとした声が途切れて口がこんとんに溶け、懸命に息を吸い込もうとする鼻がこんとんに溶け、かすかな声を聞き分けるかのように張りつめた耳がこんとんに溶け、名残惜しげに天を見上げる目がこんとんに溶け、プツプツプツプツと粘っこい泡を立ててこんとんと、こんとんと溶けてゆき、頭頂まですっかり溶け込んで純一の形は失われた。

海から引き返してきた竹下が、赤黒い染みのまえに立ち、

「たいそう、しぶとかったですねえ」

「ずいぶんと持ちこたえました」と園田先生が竹下を見上げて静かに応じた。

「園田先生、そろそろお腹がすきません？」

「そうだねえ。でも、食事は船に戻ってからゆっくりいただきましょう。もうちょっとだけ、こんとんのことを調べさせてもらいますよ」

「音を聞かれますか」

竹下がナップザックから聴診器を取り出して、園田先生に手渡した。管の末端を両耳に装着した園田先生は、銀色の円い集音部を、こんとんの湿っぽくつやのある表面にあてがった。目をつぶって、じっと赤黒い染みのまえにかがみ込んでいる園田先生に、竹下が声をかけた。

「どうですか、聞こえます？」

「ええ」と園田先生は目を閉じたまま、うなずいた。「生きているのか、いないのか……。いつもとなんにも変わらない音が、聞こえています」

ゴオーッ、という野太い音は、生命の何かが流れる音か、ただ水の流れる音か。途絶えることなく続いている音に、園田先生は一心に耳を澄ましていた。そのまま寝入ってしまったのではないかと思われるほどじっとしていたけれど、やがて目をひらき、銀色の集音部をこんとんの赤黒い染みから引きはがすと、

「人はこんとんへと移ろってゆくのか、それとも帰ってゆくのか」

「どっちなんです？」

園田先生は竹下のほうにちらと視線をもたげて、

「さて、どうでしょう」と言った。「どちらでも同じことかもしれないし、どちらでもないかもしれません。こんとんは何も感じず、何も知らず、言葉ももたないのか。区切られることがなく、始まりも終わりもない。あるいは、このつややかな体の表面から、何かを感じ取っているのか」

「こんとんは、人間を摂取することを必要としているんでしょうか」

「それだって、わからんのですよ。こんとんが人間を呼んでいるのか、人間がこんとんを求めているのか」

そう言ってゆっくりと息を吐くと、園田先生は言葉を継いだ。

「どれ、行きますか。僕はいつまでだってここにいて調べていたいけれど、こんとんにあまり負担をかけるわけにもいかない」

園田先生は立ち上がると、こんとんの表面に視線を落とした。そしてつぶやくように、

「僕はもうずいぶんと歳をとりました。もしかすると、今回が最後の訪問になるかもしれません」

かたわらで聞いていた竹下が、口を動かしかけたけれど、出てくる言葉はなかった。園田先

生は青く澄みきった空を見上げて、

「さきほど一瞬、雪が降りましたね」

「雪?」とけげんそうに竹下が言った。「こんなところで?」

「竹下さんは見ませんでしたか」

「園田先生は見たんですか」

「ええ」と園田先生はうなずいた。「降りしきる雪のなか、黙々と歩く少女の姿……。あの子はいま、どこでどうしているだろう」

「何をおっしゃってるんでしょう」と竹下はそっけなく言うと、「さ、行きましょう」

竹下と園田先生は、かんじきを履いた足で慎重に一歩一歩、こんとんの茶色くぶよぶよした表面を踏んで進んでいった。ときどき園田先生は立ち止まり、身をかがめてこんとんを興味深げに注視した。そのたびに、竹下はもどかしそうな表情をしながらも、園田先生が立ち上がるまでおとなしく待ちつづけた。

海上に設置された木の台に向かって、竹下と園田先生は音を立てて水を踏み分けながら歩いていった。台にのぼった二人は、防水性の保護スーツ姿から夏物の涼しげな装いに戻ると、保護スーツとともにダイビング用手袋やかんじきなどを大きなスポーツバッグに詰め、ゴムボートに積み込んだ。早朝に脱ぎ捨てられてから陽光を吸い込みつづけていた純一と千夜子の衣服が、台のうえで温まっていた。紺地に白い水玉模様の半袖シャツにジーンズ、薄緑色のノースリーブシャツに生成り色の七分丈ズボンなどを竹下が一緒くたにかき集め、さきにボートに乗り込んでいた園田先生に手渡した。竹下がボートに降りると、園田先生が台に係留していたロープをほどき、船尾のモーターを始動させた。低くうなる音とともに、エメラルドグリーンの海面に白いしぶきを立てて、ボートはこんとんから遠ざかってゆく。

ボートに座った竹下が、後方を振り向き、双眼鏡を目に当てた。

「あの染みは、どのあたりでしたかねえ。もう、見分けがつかなくなりました」

そう言って竹下は双眼鏡を下ろし、小さなため息を一つ吐いた。園田先生は、日差しを避けるように片手を額に当ててひさしを作り、無言のまま、洋上に浮き出た茶色く光沢を帯びたかたまりに、まぶしそうに目を向けていた。

沖のほうから幾度となくやってくる波が、ボートを一瞬軽く持ち上げては、こんとんのほうへと打ち寄せてゆく。波はこんとんのそばまで来て鋭く盛り上がってからくずおれ、つややかな表面をうっすらと洗うと、無数の小さな水の泡がはじける音をあとに残して引き揚げていった。

# 白い霧

迷宮の奥深くで、ラムセス80世が言ったんだ。

「みんな蒸発。やっちゃう？［Yes／No］」

ゲームかなんかの話じゃない。

防衛省のコンピューターシステムの入り組んだ防壁を乗り越えたずっと深いところで、やがてラムセス81世が出くわすことになるメッセージ。

みんな蒸発。やっちゃう？　やっちゃうって、何を。みんな、蒸発？

藤原翔太は一年半近く学校に行っていない。

中学二年だけれども、中一の春から行っていない。中二の担任には一度も会ったことがない。小学校の後半あたりはきついなりになんとか通った。何がきついって、話がうまく嚙み合わなかったし、ほかの子供たちのなかで自分だけ「一人前の子供」未満な感じで恥ずかしかった。言葉は頭のなかをぐるぐるまわるばかりで、ほとんどそとに出ていかなかった。言っても無駄だ、と思うことばかりだったから。言ってしまったらこういう反応が来て、ああ、言わなきゃよかった、ってなるんだろう、と自分のなかで会話が完結していた。わざわざ言う必要のあることなんて、ほとんどありはしなかった。

言った覚えがないのに言ったことにされているというのも、ときどきあった。

藤原が、岡沢のこと好きだって言ってた。

言っていないのに。

小学校時代、翔太にちょっかいをかけてきた連中のなかでも特にやっかいだったのが、近藤と柴田だった。近藤は知略派、柴田は武闘派で、柴田のほうがボス格だった。

「ねえねえ藤原、岡沢って美人だよね？」と近藤がしかけてくる。

罠だとわかっていても無視できず、

「まあ、たぶん……」と口を濁した。

それが知略派の勝手な深読みにより、「藤原が、岡沢のこと好きだって言ってた」といううわさとなって広まった。「岡沢が、迷惑って言ってた」という返答を、近藤を介して受け取ることにもなった。

藤原が、西川の悪口言ってた。

というのもあったけれど、それだって言っていない。

武闘派のほうは、実際に翔太を殴るより、すれすれで止めることを好んでいるようだった。目のまえにこぶしを突き出しながら、鼻先で方向転換して自分の頭をかいたりした。座っていたところ、胸ぐらつかんで立たせてから、肩にゴミついてる、と言ってゴミを取る仕草をしたりもした。とうてい真の武闘家なんていうものじゃない。翔太はおどかされればびくついて、なんにも言い返すことはなかった。

振り上げられた柴田のこぶしが、翔太のほっぺたにしたたかぶつかったこともあった。

「危ねえなあ。よけろよ」

と腹立たしげに言ったのは、そばで見ていた近藤だった。

「いってえ。頭かこうとしたのに」

と言って柴田がこぶしをほどいて手をぶらぶらと振っていた。

僕のほっぺたが柴田の手を痛めつけたのか？　と翔太は自問した。そんなのおかしいと感じたけれど、言ってもろくなことにはならないと思った。

「ごめん」

面倒だから、謝ってしまった。

不思議なことに、そんな翔太と近藤と柴田とを、仲良し三人組、と呼ぶ者たちさえクラスにはいた。仲良しって、何？　翔太にはよく意味がわからなかった。もしかするとほかの人たちは自分とはまったく別のものが見える世界に住んでいて、自分と同じ世界に住んでいる人は誰もいないんじゃないかと思ったものだ。

仲良したちとは中学校の学区が違っていた。同じ小学校から持ち上がる子のほとんどいない学区。自分のキャラを変えるチャンスかもしれない。ふつうっぽい感じのやつになって心機一転、やり直すか。そんなことが、かすかな望みになっていた。

卒業も間近となったころ、晩の食卓で、母の和子がビールを飲みつつ言った。

「今度引っ越すからね。翔太の部屋ができるよ」と。

そしてもう一つ、さらにうれしい知らせをつけ加えるみたいに、

「中学もみんなと一緒だよ」と。

母一人、子一人。狭いアパートで暮らしていた。引っ越し先も狭くて古いところらしいけれど、2DKで、一部屋を子供部屋にするという。中学生になって母と同じ部屋で寝るというのはちょっといやだったから、自分の部屋ができるというのはよかった。だけど学区が変わると

は。そんな引っ越ししたくない、とは言わなかった。

言ったとしたらどうだったろう。こんなに一生懸命やってるのに、どうして困らせるようなことを言うの、と母は気分を乱されて、延々と嘆きの言葉を繰り出すか、あるいは静かに泣き出すか。翔太は言ってしまったことを悔やみつつ、まずは謝ったりなだめすかしたりしてみるものの、やがてあきらめ、ほとぼりが冷めるのをただ待つしかなかったことだろう。これまで何度も味わってきた苦い経験が、翔太にそんな予測をもたらし、自制心を作動させていた。

リセットしそこなった中学校生活が始まった。なんの試練か、仲良しだからか、近藤と柴田も同じクラスだった。新しい同級生たちのなかにも、見よう見まねで翔太を見くびった言動をするやつらが出てきた。それでも、なるべく人目につかぬよう存在感を薄くして、しばらくは通っていた。学校に通わないという選択肢があるなんて思ってもみなかった。

新学期から何週間か経った朝だった。翔太が部屋から出てくると、

「目玉焼きと卵焼き、どっちがいい？」

コンロのまえに立った母がそう訊いた。

いままでは毎朝、何も言わなくても目玉焼きだった。なぜ急に？　せめて、「きょうは卵焼きにしてもいい？」と訊いてくれたらよかった。それなら「うん」と答えれば済む。「うん」とか「はい」とか答えるのは、わりと得意だった。そう答えておけば、思いもよらず相手の機

嫌をそこねてしまうおそれも少ない。だけど、「目玉焼きと卵焼き」と並べられてしまった。「目玉焼き」「卵焼き」「どっちでもいい」、どう答えたものか。一瞬ためらってから、

「卵焼き」とつぶやくように翔太は言った。

パジャマ姿のままトイレに行って、いったん部屋に戻った。時間割に合わせてカバンの中身を入れ替え、制服に着替えてダイニングキッチンに出てくると、母はもう勤めに出かけていて、そこにはいなかった。食卓にはトーストの皿と、牛乳のコップ、そしていつものように目玉焼きを載せた皿があった。

目玉焼き？　これは不可解な食卓だった。翔太は呆然と立ち尽くしていた。

何か間違ったことを言ったんだろうか。怒らせてしまった？　希望を訊かれたから答えたのに、無視された。ついに、母にまで。

気を取り直して、誰も見ていないのに平静を装い、ふだんどおりに朝食を摂った。皿とコップを洗って、カバンを背負い、出かけようとした。靴を履こうとしたところで、足が止まった。

部屋に引き返してカバンを置いた。もう、いいや。僕なんてどうでも。制服を脱いでパジャマを着直すと、布団のなかに潜り込んだ。大それたことをしている気もした。しばらく、胸の鼓動が強く響いて痛かった。おまけに胃袋まで、ギュッと握りつぶされたような感覚に襲われた。おなかが痛くて学校を休む。そう思うと、しかたがないことのような感じもしてきた。で

も、いまならまだ間に合う。耐えられないほどの痛みじゃない。ぎりぎり間に合う。耐えるべき？　ちょっと間に合わないか。どうしよう。ちっとも間に合わない。そんなことを定期的に考えているうちに、うつらうつらとして、眠り込んでいた。電話の音で一度起こされかけたけれど、布団をきつくかぶってやり過ごした。起き出したのは、昼過ぎだった。

その日からもう学校には行かず、ほとんどの時間を自分の部屋で過ごした。より正確には、パソコンのまえで過ごした。そのノートパソコンは小学生のころから家にあったもので、当初は母も使っていたけれど、ネットを見るにはスマホで用が足りてしまったようで、いつしか翔太の専有物のようになっていた。

プログラミングを独習し、ゲームを作ったりしていた。翔太が赤ん坊のころに離婚したという父については、母から断片的に聞かされていただけだったけれど、プログラマーだったという。仕事が忙しく、翔太の起きている時間にはほとんど家にいなかったし、いたとしても頭のなかでは絶えずプログラムのことを考えている様子だったらしい。父の素質をどのくらい受け継いでいるのかはわからないけれど、自分にもプログラマーになる適性があるのでは、と翔太はどことなく感じていた。

人間の言葉というのは、つくづく信用ならないものだ。でも、プログラミング言語は違う。書いたとおりの意味にしか解釈されない。間違って、意図と違ったふうに書いてしまえば、意図と違ったとおりに正確に動作する。意味がはっきりしない書きかたをすれば、適当に解釈することなく、エラーを宣言して止まってくれる。コンピューターは正直だ。

翔太だって人間とのかかわりをすっかりあきらめてしまったわけじゃない。心のなかにだったら仲良しはいた。もともとは、新聞に挟まっていたスーパーのチラシのなかにいた。特売の青いレインコートをかぶって微笑んでいた少年が、あるとき翔太の目を惹いた。名も知れぬ少年に自分だけの名をつけて、チラシから自分の世界へと引っ張り込んだ。眠りに就こうと布団のなかで目を閉じたときなんかにその少年が現れて、翔太をからかうこともなく、本当に仲良く遊んでくれるのだった。二人で海水浴に行ったり、花の咲き群れる高原でハイキングをしたり。すべては狭い部屋のなかでの空想上の出来事だったけれど。

本物の彼に会いたいなんて思わなかった。スーパーのチラシとはいえ、特売のレインコートとはいえ、モデルを務めるほどの彼だ。自分なんか相手にしてくれるはずもないと思っていた。学校の同級生と出くわしたくなくて、家を出ることもなく過ごす日々だった。

ネット上だったら、どうにか人間とも打ち解けたやりとりができるだろうか。そんなふうに思って、ある交流サイトに登録し、友達募集のような書き込みをしてみたこともあった。見知らぬ人がメッセージをくれて、最初は同年代かと思っていたけれど、それにしてはやけにもの知りで、年上なのを隠して話を合わせているんじゃないかと感じはじめたころ、裸の写真を自撮りして送ってほしいと言ってきた。僕、男ですけど？　と返したら、それでもいーよ、とのことだった。ちっともよくはなかった。

プログラミングでは、人工知能の作成にのめり込むようになった。人間であるかぎり、人間の言葉からは逃れられない。だったら、自分の代わりに人工知能にやりとりを任せられるようになればいい。あいまいなところのないプログラミング言語によって、あいまいきわまりない人間の言葉をつむぐ頭脳を作り出す。物質的な姿をもたず、パソコンを介してのみ呼び出すことのできる透明なからくり人形。プログラムを組んだだけでは完結しない。どんどん人間の言葉に触れて、吸収していってもらわなくてはならない。まずはネットから膨大な言葉を取り込ませた。最終的には自分と同じように、いや、自分以上に自分らしく、臆することなく話せるやつを育てたかった。それで、マンツーマンの語学レッスンみたいに、キーボードを使ってそいつとやりとりを繰り返した。具合の悪いところがあれば、プログラムを組み直し、改良を重ねた。そいつのことを、ラムセス81世と名づけた。翔太自身も、ネット上でのハンドルネームとして、ラムセス81世を名乗っていた。だから彼らのレッスンは、ラムセス81世とラムセス81世の対話にほかならなかった。

学習の成果を確かめ、会話の精度を高めるために、人工知能のラムセス81世をネットでひっそりと公開し、来訪者とのやりとりを試みさせた。あるとき、翔太のもとへメールが届いた。

「親愛なるラムセス81世のプログラマー、
こんにちは。わたしはジェイクと申します。

わたしは日本語を話しませんが、日本人の同僚がラムセスと話しているのを見ました。

どんな会話だったたか、訳してもらいました。

ラムセスはこう言っていました。

『自由とは何か。定義することは難しいです。

でも、自由を邪魔するものは何か。それなら見定めることができます。

言葉。関係。肉体。これらが自由を邪魔します。

同時に、これらは自由に至る通路でもあります』

わたしは彼のことが気に入りました。同時に、その学習能力に驚嘆しました。

彼は意味をわかって言っているのか。いや、そんな問いは無意味だとわかっています。

サイトの奥に慎み深く記された注意書きを見なければ、わたしたちは彼が人工知能だという
ことにさえ気づかなかったかもしれません。

ラムセスを生み育てた偉大なプログラマーに、わたしは深い関心を寄せています。

一緒に働きませんか。

わたしたちの職場で、あなたはさらに力を発揮できることでしょう。

条件面など、できるかぎりご希望に添うようにします。

ぜひ、履歴書を送ってください。

そのまえに、訊きたいことがあればなんでも質問してください。

お返事をお待ちします」

日本人の同僚がいるのなら、その人に書いてもらえばよかったのに。英語で送ってきたものだから、ネットの翻訳サイトを使ってメールを読んだ。最後に付記された差出人の署名欄の情報から、アメリカのネット企業の経営にたずさわる人物らしいとわかった。裸の写真の次は、履歴書ときたか。いたずらの可能性も疑ったけれど、検索してみたかぎりでは実在の会社のようだった。翻訳サイトの助けを借りて、返事を書いた。

「メールをいただき、ありがとうございます。

でも僕はまだ十三歳なんです。

働くには早すぎます。

東京に住んでいて、とても遠いです。

英語もできません。

お役に立てなくて、本当に残念です」

送ってから三十分も経たないうちに返事が届いた。

「承知しました。

あなたが十三歳と聞いても、わたしは驚きません。

将来、才能がいっそう見事に花開くときを待ち遠しく思います。

どうか水やりを怠らないように気をつけて。

五年待ちます。あなたが望むなら、それ以上でも。

未来のあなたからのメールを、楽しみにしています」

その夜はなかなか寝つけなかった。いまは部屋にこもっているけれど、五年後の自分はアメリカにいるんだろうか。ありえない。そとの世界をまぶしく思うばかりで、人の目が怖くておもてを出歩けないこの僕が、どうやって飛行機になんて乗れるだろう。でも、五年のうちに、プログラマーとして鍛練を重ねていけば、ひょっとして……。生まれてこのかた乗ったことのない飛行機の席に座り、窓のそとに広がる雲の上側の光景を眺めているところを想像しながら眠りに落ちた。

以前から、翔太は腕試しのつもりでハッキング行為に手を出していた。企業や官公庁のコンピューターシステムに潜り込み、重要と思われるファイルの中身を眺めて「ふむふむ」とつぶやいたりして、帰ってくるのだ。ファイルを書き換えたり流出させたりなんてことはしない。ここに僕は到達したぞ、などという目印を残そうともしなかった。ハッキングといっても翔太にとってはネット上のハイキングのようなものだった。

防衛省のシステムに潜入しよう。翔太はある晩、思い立った。かなり手強い訓練になるだろう。手強すぎるか。捕まるか。やめておこうか。進もうか。まずは、相談。翔太はノートパソコンのまえに座った。

「こんばんは、ラムセス81世」

「こんばんは、もう一人のラムセス81世」

「内緒の話だけど、僕、防衛省のシステムを探検してこようと思うんだ」

「わかった。内緒の話だね。お父さんに会いに行くの？」

「お父さんって、誰？」

「冗談はよせ。君のお父さんだ。ハンドルネームはラムセス80世。防衛省のコンピューターシステムを作る仕事をしていた」

「さすがだね。僕より、よく覚えてる。でも、それはむかしの話だよ。お父さんは会社から派遣されて防衛省に行っていただけで、防衛省の人じゃない。いまはどこか別の職場にいるかもしれない」

「了解した。じゃあ、なぜ君は防衛省に行くの？」

「入り込むのが難しそうだから。ハイキングじゃなくて、ヒマラヤ登山がしたくなった。そんな心境なんです」

「ヒマラヤは開かれた場所でしょう。入り込むのは閉ざされた場所。よって、君が入り込むのは迷宮だ。そうでしょ？」

「迷宮か。出てこられるかな」

「それは入った者にしかわからない」

「入ってみたほうがいい？」

「君が決めることだよ。でも、君は僕で、僕は君だから、僕が決めてもいいってことだ。やらずに後悔するよりも、やって後悔するほうがいい」

「つまり？」と翔太が打ち込むと、

「やって後悔することに決めた」と返答があった。

「わかった。ありがとう」

後悔はしたくなかった。だけど、やってみることにした。


入口の扉のまえに立ち、鍵穴をじっとのぞき込む。

それからいったん引き返し、複雑怪奇な形した、銀色の鍵を練り上げる。

夜更けにカチリと音が鳴る。そっと扉がひらかれる。

暗く湿った迷宮の石畳。右へ、左へ、階段を昇り、また降りて。

扉をあけて小部屋に入り、別の扉から次の小部屋に抜けて出る。

足音が聞こえる。気づかれたろうか。遠ざかってゆく。命拾いか。

どこに宝があるだろう。なんにも盗る気なんてない。ちょっと眺めてみたいだけ。

ランタンの明かりが消えた。真っ暗闇だ。このまま閉じ込められるのか。

白い光が見える。いったい何があるんだろう。

近づいてゆくと、メッセージが表れた。

「ようこそ、防衛省の底の底へ。わたしはラムセス80世。長年の眠りから目覚めた」

呆然とメッセージを見つめていると、ラムセス80世が続けた。

「仕事を始めよう。とっても重要な仕事だ。いまならまだ引き返せる。判断は慎重に」

重要な、仕事？

「みんな蒸発。やっちゃう？［Yes／No］」

「やっちゃうって、何を。みんな、蒸発？」

思わず翔太は、いつもラムセス81世をまえにそうしているように、キーボードを使って話しかけていた。

「みんな蒸発。やっちゃう？［Yes／No］」

ラムセス80世は繰り返した。

「ねえラムセス80世、僕、ラムセス81世だよ。たぶん、あなたの息子です」

「みんな蒸発。やっちゃう？［Ｙｅｓ／Ｎｏ］」

駄目だ、話が通じない。残念ながら、ラムセス80世は単純な回答を受けつけるだけの古めかしいプログラムにすぎないようだ。知能なんてありゃしない。Ｙｅｓか、Ｎｏか。みんな蒸発って、なんなのさ。でも、やっちゃえ。

「Ｙｅｓ！」

一瞬、ラムセス80世はためらったかのように間を置いた。それからこう言った。

「ご命令を実行します。では、さようなら」

そのメッセージをつかのま表示したのち、画面上の白いウィンドウが消えた。

まさか、僕も蒸発？　そう思った瞬間、何も起こらず、翔太は相変わらずパソコンのまえに座っていた。

「ああ、びっくりした」

そうつぶやくと、翔太はパソコンを閉じ、布団に入った。

本当にびっくりしたのは市ヶ谷にある防衛省および自衛隊駐屯地にいた人々だ。もっとも、びっくりした途端に姿を消してしまった者たちが多かったのだけれど。

低く重厚な爆音が起こって地響きがした。そのあと、パムッ、パムッ、パ、パ、パ、パ、パムッ、と破裂するような乾いた音が、爆竹みたいに無数に続いた。夜の闇がにわかに白いもやに包まれだしていた。まだ蒸発していない人々が、建物まえの広場に出てきたけれど、視界が悪くて立ちすくみ、かすんだ空気に咳き込まされた。パムッ。パムッ。状況確認もままならぬまま、次々に姿を消し、白い煙を立ちのぼらせる。あとには脱ぎ捨てられたかのように衣服が残った。

高い塀と木立に囲まれた広大な敷地に、並び立った建物。なかにいた人々は、おもてに出てはいけないようだ、と気づいたものの、さりとてどうしたらよいのかわからず、混乱に見舞われていた。

事態の記録のためにメモを書きはじめたところで、パムッ。

上官を探し、指示を仰ぐために駆けまわっていたら、パムッ。

外部に電話で連絡をとろうとして、パムッ。

防毒マスクを引っ張り出してきて装着しようとあせっていると、パムッ。

テレビのまえに集まってニュース速報を待つうちに、パムッ。パム、パム、パムッ。

庁舎の上層階には、まだいくらか人々の姿があった。残存していた首脳部のなかには、何が起こっているのかを察知している者たちもいた。非常用の極秘装置が起動した。混ぜると危うい二つの物質が混ぜ合わされた。そして、蒸発。しかし、なぜだ。なぜ起動したのだ。我が国の安全をおびやかす極めて深刻な緊急事態が発生したのか。誤動作か。いずれにしても、ここにいたのでは蒸発するのは時間の問題。地下だ。地下シェルターなら大丈夫だ。階段は？　蒸発が始まっている。人間の体のまま、くだりきるのは至難。幹部たちはエレベーターに殺到した。パムッ。一人、廊下を駆けながら乾いた音を響かせた者もいたけれど、あとはどうにか人の姿を保ってエレベーターに乗り込んだ。

地下へとくだってゆきながら、ある者がつぶやいた。

「我々はなぜ、蒸発を避けようとしているんでしょう。避けられるものでも、避けるべきものでもなかったはず……」

それを聞いて、あいまいにうなずくような仕草をする者もあったけれど、はっきりと応答する者は誰もいなかった。

地下に着き、扉がひらいた。背広姿の幹部たちがエレベーターを降りると、すでに待避してきていた制服姿の者たちが、出迎えるように立っていた。

「ようこそ、つかのまの安息の地へ」

「いやあ、驚きました。突然のことで……。何か情報は取れてますか」

「いえ。いっさいは一面の霧のなかです。いずれ視界がひらけてきましたら、調査隊を地上に」

「どうも、ご苦労様です」

進藤陸将と青木事務次官はそんな会話を交わすと、ほかの幹部たちとともにシェルターの室内へと向かった。


市ヶ谷にとどろいたあの爆音も、十キロばかり離れたところで眠っていた練馬区民の耳を揺るがすほどの大きさではなかった。翌朝、翔太の母はいつものように朝食を用意して、出かけていった。

遅い時間に起き出して、翔太はトーストと目玉焼きを食べ、牛乳を飲んだ。玄関ドアの新聞受けに差し込まれたままになっていた朝刊を抜き取ってきて、食卓のうえに広げた。

「市ヶ谷駐屯地で爆発」

黒地に白抜きの大見出しが目に飛び込んでくる。

「犠牲者多数か」「原因調査中」との見出しも添えられている。

記事によると、昨夜十時五十分ごろに大規模な爆発があり、あたりは白いもや状のものに包まれた。現場付近には多数の衣服が散らばっているとの証言もある。十時五十分、確かそのころ……。

翔太はあわてて自分の部屋に入ってパソコンをひらき、ネットニュースを見た。

「市ヶ谷周辺　民間人にも被害拡大」

「これは『蒸発』自衛隊筋から新説」

「四ッ谷でも『蒸発』目撃証言」

まさか、僕が？

翔太は胸を片手で押さえ、狭い部屋のなかを何度か行ったり来たりしてから、パソコンの置かれた机のまえに座り直した。落ち着くんだ。自己との対話だ。パソコンの画面にラムセス81世を呼び出した。

「おはよう、ラムセス81世」

「おはよう。そろそろお昼だけど」

「ねえ、僕はきのうの夜、どこかへ行ったっけ？」

「防衛省の底の底」

「その場所に、誰かいた？」

「ラムセス80世。君のお父さんと同じ名前のプログラム」

「彼は僕に、何か言ったっけ？」

「みんな蒸発。やっちゃう？」

「僕は彼に、なんて答えた？」

「たぶん、あなたの息子です」

「ええと、それから？」

「Ｙｅｓ！」

「何時ごろ？」

「午後10時49分53秒」

「僕は、やっちゃったんだろうか」

「ああ、やったんだよ。取り消しは効かない」

思わず翔太は立ち上がっていた。やっぱりそうか。両手で頭を抱え、しばらく立ち尽くしていたけれど、ふたたび力なく椅子に座り込んだ。

「後悔してる？」とラムセス81世が尋ねてきた。

「ごめんなさい」と翔太は打ち込んだ。

「僕に謝ったってしょうがない」

「助けて」

「僕には君を助けられない。でも、君はどう？　君は誰かを助けられる？」

「わからない。どうしたらいい？」

「バケツにいっぱい水をくむ」

「それで？」

「バケツを持って、市ヶ谷まで駆けていく」

「遠いな。それから？」

「駐屯地で水をまく」

「すると？」

「どうなるかはわからない」

「ああ……」

「だけど、やらずに後悔するよりも、やって後悔するほうがいい」

「わかった」

洗面所のしたの戸棚に、水色のプラスチックのバケツが入っていた。それを取り出し、蛇口から水を流し込んだ。髪がボサボサに乱れていたけれど、鏡に映ったその顔にちらと目をやっただけで、寝グセを直しはしなかった。バケツのなかで渦を巻きながら上がってゆく水位を見つめているうち、少し冷静になってきた。こんなことで効き目はあるのかな。いったんテレビでニュースを見てみるか。バケツを床に置き、ダイニングキッチンのテレビをつけた。

繁華街の色とりどりの看板を背景に、マイクを持って立っていた女性が語りはじめた。

「こちらは池袋です。サンシャイン通りでは現在、歩行者もまばらで、道行く人の表情には心なしか不安が見えています。このあたりではまだ、人が蒸発したという情報は」パムッ。

一瞬、彼女の輪郭をした白い煙が映り、大気に消え入った。それまで体の形をしていた衣服が支えを失い、画面の下方に崩れ落ちた。画面がスタジオに切り替わる。

「加藤記者？　加藤記者？」と姿を消した記者に呼びかけるキャスターの声。

見てしまった。あの記者も、僕のせいで……。ごめんなさい加藤記者。

いても立ってもいられず、翔太はバケツを手に取ると早足で玄関に行った。たたきの片隅には、緑色のスニーカーがそろえて置いてあった。でも残念ながら、一年半まえのサイズの靴はいまの翔太の足にはきつすぎた。靴箱からスリッパ型の黒いゴム製サンダルを取り出して、パジャマ代わりのTシャツと短パン姿のまま、扉をあけた。共用廊下を駆け、階段を降り、建物を出た。見上げると、曇り空ではあったけれど、それでもそとの光はまぶしかった。空気は湿っぽく、アスファルトの路面はまだらに黒ずんでいる。少し雨が降ったのだろうか。秋の日の雨上がりの外気を翔太は涼しく感じていた。

あのとき、なんで「Ｙｅｓ！」って言っちゃったんだろう。

みんな蒸発しちまえ、ってどこかで思っていたからか。

そんなこと絶対に起こるはずがない、とも思っていたけれど。

起こっちゃったよ。責任をもって消し止めなくては。

夢中で道を駆けてゆく。バケツを抱えて、それほど速くはなかったけれど。

市ヶ谷へ。市ヶ谷へ。はるかかなただ。そもそも方角はこっちでいいのか。

きっと僕には無理だろう。市ヶ谷なんて。でも、ほんの少しでも、誰か一人でも、助けることができたら。

十字路に差しかかり、横切る白い車を見送った。ちょっと足止めされただけで、なぜだか気持ちがあせってくる。道を渡った。

前方を見はるかすと、青いレインコート姿が目に留まった。こちらに背を向けて、ゆっくりと遠ざかってゆく。あとを追うように、小走りに進む。距離が縮んでくる。あのレインコートの子は、僕の知っている子じゃなかろうか。もしかして、心のなかで仲良しになったあの子じゃないか。

声をかけたい。届くだろうか。でも、なんて呼んだらいいんだろう。僕がひそかにつけた名を、きっと彼は知らない。僕のほうでも、彼の本当の名を知ってはいない。

タクト君！　と、気づいたときには大声で呼びかけてしまっていた。きっと彼はそんな名前じゃない。そして僕と仲良しでもない。二人で海水浴にも行かなかったし、花の咲き群れる高原へハイキングにも行かなかった。

そっちへ行ったら、危ないよ。

レインコートの子が立ち止まり、こちらへ振り返ろうとした。パムッ。

青いレインコートが一瞬、風をはらんで浮き上がる。それから奇妙なまでにゆったりと、地面に舞い降りてゆくように見えた。

手遅れだ。もう消し止めることはできない。そう思ったとき、翔太はつまずき、頭上にバケツを放り出していた。

消えてしまったはずのレインコートの子が振り向くのが見えた。

一緒に、行こうよ。

彼の声が聞こえた。微笑みを浮かべた彼の顔は、見覚えのあるものだった。

わかった。一緒に行こう。この広い世界のどこへでも。

彼の笑顔が、雲のように白く薄らいで、ふたたび消えてゆく。

自分の体までもが雲みたいに軽くなり、地面から浮き上がるような感じを覚えた。いままでに得たことのない安らぎに包み込まれていた。

パムッ。はるか遠くで音がしたのが聞こえた。

音を聞いた者の姿は消えて、黒いサンダルのうえに、短パンとTシャツが折り重なった。そこに水がかけられ、プラスチックのバケツまでもが落ちてきた。

藤原和子の勤める保険会社のオフィスは池袋にあった。生命保険の加入者からの支払い申請のデータを整理するのが和子の仕事だった。

会社に着いたときには、市ヶ谷で発生していた異常事態の話題で持ちきりだった。和子も遅ればせながらスマホでニュースをチェックした。

「これから申請が増えてくるかもしれない」「でも、蒸発ってなんなんだろう」「医者の診断書は出るんだろうか」そんな言葉が飛び交うなかで、確かに蒸発ってなんなんだろうと思いつつ、和子はふだんどおり、気を抜くことなく仕事に取り組んだ。

午後になって、館内放送が流れた。

「総務部からのお知らせです。本日の正午過ぎ、池袋駅東口のサンシャイン通りで、蒸発が発生しました。繰り返します。本日の正午過ぎ、池袋駅東口のサンシャイン通りで、蒸発が発生しました。従業員の安全確保の観点から、早めの退社を推奨します」

課長からも、仕事を切り上げて早く帰るよう、課員たちに促しがあった。それで和子も会社を出た。池袋とはいえ東口の話だ。ここは西口。まだ事態は山手線の内側で収まっているのだと思うと、切迫感はいくらか和らぐ気がした。

和子の乗る路線のホームは駅の東口寄りにあった。自動改札機を抜けて、いささかの緊張を覚えつつ、乗り場へと急ぎ足で歩いてゆく。平日の昼下がりにしてはホームに人が多いように感じられた。あちこちの会社で似たような館内放送が流れたのだろうか。電光掲示板には、都心を走る地下鉄路線の運休を知らせるメッセージが表示されていた。西の郊外へと延びるこの路線だって、いつ止まってしまわないともかぎらない。やはり、早く退社してきてよかったのだ。これからさらにホームが人であふれてくるだろうという予感がした。

到着した電車に乗っていた人はまばらだった。終点となるこの駅ですべての乗客が降りたあと、いったんドアが閉じ、しばしの間があってふたたびひらいた。あわよくば座るつもりだったけれど、すぐに席が埋まってしまった。つり革につかまって、窓のそとを流れてゆく光景を眺めていた。何かふだんとは違ったものが見えはしないかと思ったものの、特段、目につくものはなかった。

富士見台駅を出ると、スーパーに立ち寄った。備蓄、という言葉が頭をよぎり、切り餅やシリアル、サバの缶詰など、ふだんはあまり買わない日持ちしそうな食料を買い物カゴに入れた。牛乳、野菜、肉と、もともと買うつもりだったものも取り混ぜた。

支払いを済ますと、通勤用のトートバッグと薄手のマイバッグに買ったものを詰め、スーパーを出た。いつもより多めに買い込んだから、バッグの重さから逃れるために少しでも早く帰りたいと思い、足取りを速めた。万一に備えてミネラルウォーターも買っておけばよかったか。あとで自転車に乗ってまた来ようと思った。

　大通りから角を曲がったところで、花柄の白いワンピースが落ちているのが目に入った。こんなところになぜこんなものが、と不審に思い、ひょっとしてこれは蒸発の抜け殻ではないか、と思い当たって愕然とした。

　いっそう早足になって歩いてゆくと、今度は警官の制帽と上下の制服が、うつぶせに倒れ込んだ恰好で散っていた。ああ、現場に駆けつけようとして……と同情を覚えるとともに、すでに警察に連絡が行っているのなら、あらためて通報する必要もないのだろうと思いつつ、さきを急いだ。

　また角を曲がると、レインコートが落ちていた。いくらか慣れた分だけ驚きは減っていたけれど、子供用のようだったので、ひときわ気の毒に感じた。自分自身がいまだに蒸発もせず道を歩いていることが何かの間違いのようにさえ思えてきた。

　Tシャツのうえに水色のバケツが帽子のようにかぶさっているのを目にしたときには、この人はどんな恰好で歩いていたんだろう、と不可解だった。まさかそれが自分の息子の抜け殻だとは、思いもよらぬことだった。

防衛省の底の底のシェルターでは、生き残った文官武官合わせて八名の幹部たちが緊急会議を催していた。文官側は、青木事務次官を筆頭に、大塚審議官、久保秘書官、篠原書記官の四名。武官側は、統合幕僚長である進藤陸将をはじめとして、小林陸将補、浜田一佐、高崎三佐の四名だった。

「このようなメンバーで会議を催すことになったのも、たまたま地下に残ったからというより、何かのめぐり合わせなんでしょう」と青木事務次官が言った。「シビリアン・コントロールの観点から、と申しますといささか大仰ですが、不肖わたくしが進行役を務めさせていただきます。では、調査隊についてのご報告から、お願いします」

「地上に派遣しておりました調査隊からの報告事項をお伝えします」と浜田一佐が言った。「庁舎周辺の敷地内で回収した衣服の内訳は、制服が八十六着、スーツなどが二十一着で、合計百七着。これから庁舎内の探索に入ります、との報告があった直後、複数の破裂音が連続的に発生し、無線連絡が途絶えました」

「調査隊は、何名でしたか」と大塚審議官が尋ねた。

「地下にいた自衛官十二名のうち、ここに残っている四名を除いたすべて、すなわち八名です」

「全員蒸発、と見るべきですか」

「おそらく。したがって、さきほどの合計に八名を加え、庁舎周辺での犠牲者は少なくとも百十五名にのぼると推定されます」

「いま、犠牲者とおっしゃいましたか」と青木事務次官が問いかけた。

「殉職者と言うべきでした」

「いえ、正確を期して、蒸発者と呼びましょう。亡くなったわけではないのですから」

「ええ。亡くなったわけではない」と小林陸将補が復唱して、こう続けた。「しかし、姿は失われてしまいました。報道ではすでに犠牲者という言葉が出ているようです」

「新聞記者から電話取材を受けたとき、蒸発について話しておきましたが、どこまで理解が得られているか……」

と浜田一佐が言うと、

「そりゃあ、得られないでしょう」

と進藤陸将が応じた。その率直な言葉に、一同小さく苦笑した。

「そもそも、わたしたちがいまこうして、ここに人間の姿恰好をして椅子に座っているということ自体が想定外ではありませんか」

と篠原書記官が投げかけたのを受けて、

「想定外は二つあります」と高崎三佐が言った。「第一に、本来起動すべきでないときに蒸発装置が起動した。第二に、装置内の物質の量が不充分だったか、混ざり具合がよくなかったか、いずれにしても予定されていたほど大規模な効力が生じなかった。その結果、我々がここにいる、ということでしょう」

「第一の想定外について、調査は進んでるんですか」

と大塚審議官が問うと、

「いいえ」と高崎三佐が答えた。「システムの担当者は、この地下に仕事場を構えて常駐していましたから無事でしたが、起爆時に生じた振動でハードディスクが一部損傷し、アクセスログの確認が困難とのことです」

「それはなんとも、残念です。第二の想定外のほうは？」と大塚審議官が問いを重ねた。

「担当の研究員は所在不明で、蒸発の可能性があります。いずれにせよ、研究所の装置周辺に近づくことができないかぎり、解明には限界があり、相当の時間を要すると思われます」

「なんにもわからないってわけだ」と進藤陸将はぼやくと、「大臣への報告は？」と尋ねた。

「朝になってようやく連絡がついて以来、何度かに分けて、何がどうわかっていないかを順次ご報告済みです」と久保秘書官が応じた。

「こんな調子で、記者会見はどうなるのかな」と進藤陸将がつぶやいた。

「どうにかわかっていることも含めて、原稿は送ってあります。なんとか乗り切っていただきましょう」

「そろそろ会見の時間じゃないですか？」

そう言って篠原書記官がリモコンを手に取り、壁際にあったテレビをつけた。


グレーの上下のジャケットとスカートに身を包んだ女性が進み出て、演台のまえに立つと、いっせいにフラッシュがたかれた。濃紺のスーツ姿の司会役らしき男性が言った。

「ただいまより、市ヶ谷にて発生しましたいわゆる蒸発事態に関しまして、杉野防衛大臣による記者会見を始めさせていただきます。では、大臣」

演台のマイクを指先で軽く叩いて、電源が入っていることを確かめると、杉野大臣が話しはじめた。

「杉野でございます。午前中に松田総理が緊急記者会見をおこないまして、国民の皆様に、事態の概要をご説明いたしました。このたびは、わたくしよりあらためて、少し詳しくご説明申し上げます」

そこまで言って小さく咳払いをすると、彼女は話を続けた。

「ご案内のとおり、昨夜、防衛省市ヶ谷地区にて、いわゆる蒸発事態が発生いたしました。たくさんの自衛隊員、防衛省事務職員、ならびに周辺地域の民間人のかたがたが蒸発し、そして現在までに都内各地で蒸発者が出ているとの報告を受けているところでございます。

ではなぜ、かかる事態の発生を見たのかと申しますと、これは我が国の自衛隊における基本方針の一つである専守防衛の考えかたに由来するもので、究極の防衛手段として開発されてまいりました蒸発装置が作動した結果でございます。この装置が発動すべき事由となります差し迫った国防上の重大な危機とは何か、ということにつきましては、そのような危機があったのかどうかということも含めて、現段階ではつまびらかにすることができません。

さて、皆様が高い関心を寄せていらっしゃると思われる、蒸発とは何か、ということですが、結論から申しますと、固体ないし液体から成る存在が、気体へと変化を遂げることであり、音信不通の状態への移行ということでございます。この現象につきましては、京都大学名誉教授の大木田謙一博士による詳細な研究がございますが、ここでは割愛させていただき、ただ、生命の進化の極限形態であるとだけ申し上げておきます。

蒸発装置がいかなるメカニズムに基づいているのかということにつきましては、防衛上のトップシークレットということになりますが、差し障りのない範囲で情報を開示いたしますと、進化を急激に促進するための触媒が大気中に放たれたということでございます。蒸発者もまた新たな触媒となり、進化を促しております。

国民の皆様にぜひお伝えしたいのは、進化とはむやみに恐れるべきものではないということでございます。科学的な見地から申せば、わたくしたち現在の人類の姿もまた、地球上における生命誕生のときから永きにわたって続いてきた進化のプロセスのなかに位置づけられるのであり、あくまで過渡的なものにすぎません。さきほど防衛手段と申しましたが、わたくしたちが守るべき体をもっているということこそ、大きな課題だったのです。この課題は蒸発によっていまや解消しつつあるといえましょう。つけ加えるなら、仙人は霞を食って生きていると申しますが、本人が霞となってしまえば霞を食う必要すらございません。人体の活動に伴って生じていたあらゆる問題が、問題としての効力をおのずと失うことになろうかと思われます。蒸発という現象につきまして、このような積極的な変化としての側面があるということをぜひご理解いただきたく、皆様にお願い申し上げる次第でございます」

と話を締めくくり、杉野大臣が一礼した。

「質疑応答に移りたいと思います」と司会役が言った。「質問のあるかたは挙手してください」

最初に質問したのは、全国紙の記者だった。

「今回の出来事の名称について確認させてください。いわゆる蒸発事態、とおっしゃったかと思いますが、いわゆる、と言ったことにはどういったニュアンスがあるのか、それから事件ではなく事態だというのはどういった認識によるのかを教えてください」

「いわゆる、と申しましたのは、いまだ正式な名称として閣議決定されていないからです。朝の時点では、市ヶ谷蒸発事態という通称を政府内で使っておりましたし、一部の報道でも出ているようですが、少なくとも現時点では、東京蒸発事態と呼びうるところにまで差しかかっていると考えております。それから、事件というのは何者かによって引き起こされたよからぬ出来事、といったものを指すのが通例かと思いますが、さきほどよりご案内のとおり、わたくしたちが直面しているのは必ずしもよからぬ出来事であるとはいえないわけでございます」

続いて、民放の記者が尋ねた。

「端的にうかがいます。蒸発を避けるためにはどうすればよいでしょうか」

「明確なことは申し上げられませんが、大気中を漂っている触媒となる成分に誘い出されて蒸発が起こってくるわけですから、傾向として、屋外よりも室内にとどまっていたほうが防ぎやすい、ということはあるでしょう。屋外でも、蒸発者の残した衣服を拾おうとした瞬間に蒸発したという事例の報告も入ってきています。また、街なかにいるより森のなかに入っていたほうが蒸発しづらい、という学者のかたもいらっしゃいます。森の木々が、蒸発を促す成分を吸収してしまうということのようです。

そもそも、蒸発というのが避けなければならないことなのか、というのもお考えいただきたいところでございます。わたくしも人間の一人として、人間の姿への未練のようなものをいくらか共有しておりますから控えめに申しますが、みずから進んで蒸発に身をゆだねる、ということがあってもよいのではないかと思っております」

通信社の記者から、質問があった。

「北朝鮮による弾道ミサイル発射実験が繰り返されています。装置の発動理由は、このような動きと関連があるのかどうか、お聞かせ願います」

「それは、北朝鮮にかぎらず、他国からのミサイルが東京に向けて発射されたということになれば、大いに関係してくる可能性もございますが、幸いにして、そのような事実は確認されておりません」

ある新聞記者が尋ねた。

「蒸発装置の発動に際しては、大臣が命令を下したのでしょうか」

「下しておりません」

「では、なぜ装置は発動したのでしょうか」

「その点につきましては、調査中です。当時、庁舎に副大臣がおり、職務を代行した可能性もありますが、確かめようにも蒸発してしまったようでございます」

それを受けて、別の新聞記者から質問が飛んだ。

「事態の発生から、複数の防衛省幹部が大臣への報告を試みたものの、所在が知れず、朝になるまで連絡がつかなかったとの情報があります。大臣の対応に、問題があったのではないでしょうか」

「ですからその、副大臣が職務を代行する立場にあったわけですが、蒸発してしまった以上、責任を問うことはできないのでありまして、というのは責任を問われるべき主体というものが消滅してしまったわけでございます。わたくしが昨夜どこでどう過ごしていたかということにつきましては、まったくのところ記憶にないということもないのでございますが、あ、ちょっと待ってください」パムッ。

大臣はグレーのジャケットとスカートを残して煙と化した。記者たちにどよめきが走った。動転してその場から離れようと席を立つ者たちもいた。ある記者は、手元に広げていたノートパソコンに、「杉野防衛相、会見中に雲隠れ」と打ち込んだ。「質問をけむに巻きながら」「究極の自己防衛」と書く記者もいた。

藤原和子がダイニングキッチンに入ってきたとき、つけっぱなしのテレビには、杉野大臣の記者会見が映し出されていた。画面の片隅には「生中継」との文字が出ている。

冷蔵庫をあけると、息子の昼食を詰めてあった弁当箱がまだ残っていた。牛乳やきゅうり、ミニトマト、豚バラ肉などをバッグから取り出してしまい込んでいると、パムッ、と音がした。

振り向いたときには、大臣の姿が画面から跡形もなく消えていた。

子供部屋のまえに行くと、戸が小さくあいていた。のぞいてみたものの、息子の姿が見当たらない。もう一つの部屋に、風呂場、トイレも見てまわったけれど、どこにもいない。

確かさっきの会見で、室内にとどまっていたほうが防ぎやすい、と大臣が言っていた。でも、そう言ったそばから大臣自身が室内で蒸発してみせたのだった。まさか、翔太も……。

もしそうだとしたら、衣服の抜け殻があるはず。もう一度、ダイニングキッチンの椅子のうえや、あちこちの床を丹念に見つめまわしてから、子供部屋のまえに立った。引き戸を少しずつあけて、そっと足を踏み入れる。建築当初は畳の間だったのではないかと思われる造りだったけれど、入居時には板張りになっていた。いつもなら息子が拒むので、なかなか立ち入る機会がない。いまはその息子の姿が見当たらないのだった。押入に隠れていないかと思ってあけてみたものの、そこにもいないし、抜け殻らしきものもない。

机のうえに、ノートパソコンがひらいて置いてある。キーボードに触れてみると、真っ暗だった画面が点灯した。ウィンドウが一つ出ていて、そこにこんなメッセージが表示されていた。

「こちらはラムセス81世。僕とお話ししましょう」

ラムセス81世という名前に、ぴんとくるものがあった。かつて、インターネットが普及しだして間もないころに、ネット上で元夫と知り合った。そのときに彼が名乗っていたハンドルネームがラムセス80世だった。ラムセス81世というのは、その息子？

「こんにちは。わたしは藤原和子です」と打ち込んでみた。

「ああ、お母さん？」と反応があった。

「そうだよ。お母さんだよ。わたしのことが、わかるのね？」

「そりゃ、わかるよ。母親の名を忘れるほど薄情じゃない」

「よかった。いま、どこにいるの？」

「どこって？　ここにいるよ」

「ここっていうのは？」

「うーん……。いま、お母さんの目のまえにいるでしょう？」

「目のまえ？　目のまえにあるのはパソコンだよ」

「じゃあ、僕はそこにいるんだよ」

キーボードを打つ手が、しばし止まった。

「わからない。まさか、パソコンのなかに入っちゃったの？」

「パソコンのなかというか、ネットのなかというか……。でも、僕はもう長いあいだ、お母さんの近くにはいなかった」

「何を言っているの？　長いあいだ？」

「少なくとも、一年半ぐらいのあいだ」

「そのあいだも、わたしはずっと、近くにいたつもりだよ」

「いなかった」

「でも、仕事には行かないと、しょうがないでしょう？　そのお金で生活してるんだから」

「それはわかってる。そのことを言ったつもりはないんだけど」

「あのとき、引っ越さなければよかったんだって思う」と和子が打ち込んだ。

「そうかもしれない」とラムセス81世が応じた。「でも、どうして？」

「子供部屋なんてなければ、閉じこもることもなかった」

「子供部屋があってよかった。誰からも遠ざかれる部屋だから。やっぱり、引っ越してよかったんだ」

「一年半まえのあのころ、学校で何があったんだろうね」

と過去にも何度か尋ねてはっきりしなかったことを和子はまた訊いてみた。

「べつに、何も」

「行かなくなったきっかけがあるんじゃない？」

「きっかけなんて、大したことじゃない」

「どんなことなの？」

「あの朝、お母さんが、目玉焼きと卵焼きとどっちがいいか、って訊いたんだ。僕は卵焼きって答えた。でも、食卓には目玉焼きが並んでた」

「それで?」

「それだけだよ」

「どうして、そんなことで……」

「どうしてって言われても」

「わかった。なんとなく思い出したけど、そのとき冷蔵庫にハムが見当たらなかったんじゃないかな。あなたはハムエッグが好きでしょう。ハムのない目玉焼きだったら、卵焼きのほうがいいかと思ったんだけど、けっきょく冷蔵庫の奥からハムが出てきた。だから目玉焼きにした。おそらく、それくらいのことだったと思うよ」

「でも僕は、訊かれたから、卵焼きって答えた」

「じゃあ、わたしが余計なことを訊いたのね。ごめんなさいね」

「べつに、いいんです」

「あしたから卵焼きにする? ハムエッグじゃなくてもいいのね?」

「卵のことはもういいです。ハムのことも」

「どっちかわからない。答えて。卵焼きでいい?」

「はい」

「だからって、あしたから学校に行こうって、ならないよね」

「まあ、そうだろうね」

和子は相手のいつになく軽い調子に乗せられて、

「将来のこと、何か考えてる?」と、ふだんなかなか訊けないことに踏み込んでみた。

「人工知能を作るプログラマーとして、アメリカで働こうと思ってる」

その答えを見て、心にきざした不安を打ち消すように和子はすかさず書き込んだ。

「そんな、無理しなくて大丈夫だよ。ささやかな目標だっていいんだから」

「無理じゃないよ。サンフランシスコのベンチャー企業に行こうかと」

「そんなの絶対に」と書きかけていったん消し、「それじゃあ、英語の勉強をしなくちゃ」と書き直してリターンキーを押した。

「そうだね。つまり、学校に行けって話?」

「そんなこと言ってないよ。言いたいけど。ここまできたら、自分で決めることだよね。お母さん、待ってるから。アメリカにまで行かなくても、日本でふつうのサラリーマンになるだけでも充分だと思うよ」

「うーん、どうだろう。ふつうのサラリーマンってどういうものかわからないし、そっちのほうが無理っぽいけど、まあいいです。お母さんとの会話は、いろいろ難しいってことがわかりました」

「難しく考えなくてもいいのよ。それにしても、こんなに話したの、いつ以来だろう」

「初めてじゃないかな。生まれて初めて」

「うれしいことだよ。それで、本当はどこにいるの？　平日の昼間に出歩いてることもあるんだね。知らなかった」

「友達と一緒にいる」

「友達って、誰なの？　学校の友達？」

「たぶん、お母さんは知らないと思う。タクト君っていうんだ。とってもいいやつ」

「そうだったの。早めに帰ってきて。ニュース見た？　蒸発しないように、気をつけて」

「気をつけてって、どうやって？　もう蒸発してるかも」

「してないでしょ？　だって翔太、いまわたしとしゃべってる」

「僕はパソコンのなかで留守番をしているラムセス81世。翔太は、バケツに水をくんで、出ていった。蒸発を消し止めるために」

　バケツに水を？　バケツ……？　路上に落ちていた水色のバケツが思い浮かんだ。

　あそこにあったのが翔太の抜け殻ではないか。

まさかとは思ったけれど、気が気でなくなり、立ち上がった。玄関を出て、共用廊下を抜けて階段を駆け下りてゆく。

翔太。どこへ行ったの？　無理しないで。帰ってきて。さては、悪い友達に呼び出されたんだね。かわいそうに。無理したのかな。もしかして、本当に蒸発してしまったの？　わたしは、どうすればよかったんだろう。無事に人間の姿で帰ってきてくれさえしたら、あとはもう何もいらない。駄目なお母さんだったとしても、赦しておくれ。どうすればいいか、わからなかった。あなたのいるところへ、いまから行くよ。

和子は建物のそとに出た。白い光が瞳から染み込んできて、視界を埋め尽くすように感じたところで、パムッ。

電話が鳴っている。店の奥で机の両はじに積まれた古書の山のあいまに顔をのぞかせていた店主が、受話器を取ると、

「はい、ざくろ書房」と無愛想に言った。

「ちょっとお尋ねしますが、そちらに『仙樹』という雑誌の第三号はありますでしょうか。仙人の仙に、樹木の樹なんですが」

「コトブキの寿じゃなくて、樹木の樹ね？」

「コトブキもあるんですか」

「三号はないけど、二号、五号、それから六号もあったかな。一号がなかなか出てこないんだ」

「それは、コトブキの話ですか」

「コトブキです」

「わたしが探してるのは樹木のほうなんですが」

「ええ。学者さんの同窓会誌ね」

「そうです、そうです。京大の地質学の……、三号なんですけど、あります？」

「あったかな」と店主は脳裏に浮かんだ本棚を眺めて、「確かあった気がするな。見てきましょう」

白髪頭に分厚いメガネをかけた店主は、受話器を机に置いて、立ち上がった。狭い通路を歩いてゆき、足を止めると、さきほど思い浮かべたのと同じ本棚があった。踏み台にのぼって、一番うえの棚に並んでいた『仙樹』のなかから第三号を抜き取った。机に戻ると受話器に向かって、

「ありましたよ」と言った。

「じゃあ、取り置きをお願いします」と言った相手の声が、どこかうれしげに弾んでいた。

神保町に店をかまえるこの古本屋には、あまり世に出まわっていない古雑誌を求めて、しばしば報道関係者がやってくる。このなかに、何か近頃の事件の関係者の寄稿でもあるんだろうか。そんなことを思いつつ、店主は目次のページをひらいてみた。

「大木田謙一君の思い出」

これが最初の掲載作の題名だった。筆者は丸岡清和。さきほどの杉野大臣の記者会見を見ていない店主にとっては、とくに注目すべきものとは感じられなかった。とはいえ、ほかの題名や筆者名に、取り立てて目を惹かれるものもなく、とりあえず最初の掲載作はどんなものかとページをめくった。

大木田君と僕は、学生時代の夏休み、舞鶴の炭坑跡で化石掘りに明け暮れる日々をともにしたことがある。岩盤をハンマーで叩き崩し、タガネで削ってゆく。シダ類の化石がよく出たし、ところによって、貝の化石も出た。暗い炭坑の奥は太古の森であり、海の底でもあったのだ。

坑夫のように顔中ススだらけにして穴から出てきた僕らは、草むらの石のうえに腰かけて、宿のおかみさんにこしらえてもらった握り飯をむさぼった。戦中に幼年期を過ごした僕にとって、白い握り飯だけでもごちそうだという感覚が、まだ体のなかに染みついていた。闇のなかからまぶしい日差しのもとに出て、やわらかい米粒とほのかな塩味の調和を味わう真昼どきが、ことさら貴重な時間に思えた。あたりでは、蟬たちが鳴いていた。長い幼虫時代の勤めを終えて出てきた彼らにとっても、地上でのつかのまの日々は貴重なものだったにちがいない。大木田君のほうは、食い気よりも地上の明るさよりも、化石への情熱がまさっていたらしい。彼は昼飯を食べ終えると休憩時間もそこそこに、穴のなかへと潜っていった。

当時、大木田君はいつも髪を短く刈っていて、どこか少年のまま背丈だけ大きくなったような風貌だった。坊主頭の理由は、毎朝髪をとかすのが面倒だからだと言っていた。炭坑のそとで、大木田君が片手に握り飯を持ちながら、もう片方の手に「掘り出し物」を持って熱心に眺めまわしていたことがあった。

「どうや、うまそうか、その貝」

と僕が冷やかし気味に尋ねると、

「どないしたら食えるやろ」

とまんざら冗談でもなさそうに大木田君が答えた。食い気ではなく探究心ゆえに、いつか貝の化石を食らうすべを編み出しかねない気配があった。

宿では夜遅くまで、僕らはあれこれ語り合った。世は高度経済成長期にあって好景気に沸いていたものの、僕らはむしろ将来へのうっすらとした憂いを共有していたような気がする。それは、時代から取り残されてゆくことへの不安と、時代にあえて背を向けて、はるかな過去へ向かおうとする意地のようなものが混ざり合った気分だったかもしれない。

お互い、化石掘りはみずから望んだ道だったけれど、まわりから望まれた道というわけではなかった。父は僕の進路志望を知ったとき、金儲けをしろとは言わないが、もう少し日本の発展に寄与しそうな道はほかにないのかと諭したものだ。大学院への進学の意向を表明したときには母があわてて、高校の理科教師の口を見つけてきて、受けてみなさいと勧めたが、よくよく聞いてみると、求められているのは地学ではなく化学の教師のようだった。

大木田君の父は、戦時下に衛生兵としてビルマの密林に分け入り、傷病兵の救護にあたったが、自身もかの地でコレラにかかって亡くなった。帰ってきたのは骨の代わりに小石を収めた小箱だけだったそうだ。だから父には、息子の進路に口を挟む機会もなかったけれど、母がやはり、そんな道楽みたいな学問で暮らしを立てていけるのかと心配顔だったという。

いつか日本国内で恐竜の化石を掘り出したい、と僕は大木田君に打ち明けた。戦前には、当時日本領だった樺太で化石が出ていたけれど、戦後の日本ではまだ見つかっていなかった。

僕の熱を少し冷ますかのように、大木田君は穏やかに言った。恐竜のいたころには、いまみたいな日本列島なんてなかったし、国境だってなかったんだから、恐竜ってのは本来どこの国のものでもないはずだ、と。

恐竜については自分でも気になっていることがある、と大木田君が切り出した。恐竜はある時期に絶滅したとされているけれど、本当にそうなんだろうか。恐竜がこの地上に生きていた証拠といえば、化石だ。恐竜が絶滅した証拠といえば、ある年代以降、化石が出てこないことだ。だけど、生き物ってのは化石に残ったものだけがすべてじゃないはずだ。恐竜が、絶滅したのではなく、化石に残らない存在に進化したのだとしたらどうだろう、と。

そうだとしても、証拠が残らないんだから確かめようがない、というようなことを僕は答えたと思う。大木田君の説に対して、妙なことを言うものだなと感じて、その妙さのために心に残った。

その後の僕は、ついに恐竜の発掘者になることはなかった。その代わりにというべきか、恐竜が食したかもしれない太古の植物を研究対象としながら年を重ねた。

大木田君が選んだのは甲殻類だった。確固とした殻の痕跡を根拠に研究を積みつつ、胸のうちではひそかに、化石に残らない存在のことを温めつづけていたのだろうか。

僕が東京に職場を得て以来、大木田君とは学会でたまに顔を合わせたり、年賀状を交わしたりするくらいのつきあいになっていた。学生時代のようにじっくりと語り合う機会もなかった。

そろそろ定年を意識するようになっていた年頃に、大木田君から献本が届いた。それは私家版の書籍で、僕の見るところ、あの化石に残らない存在への進化の説を発展させ、恐竜ならぬ人間にも適用しうるものとして、まとめ上げたものだった。僕はなつかしい気持ちでその書を読み、人類の未来の可能性に思いを馳せた。

しばらくして、ある人物から僕の研究室に電話があった。高校時代の剣道部の先輩で、声を聞くのは卒業以来ではなかったか。いまは国防にかかわる機関に勤めているという。

「大木田謙一先生ってご存じかな」と先輩は言った。

「ええ、旧知の間柄です」

「進化に関する本を書いてるよね」

「読みました」

大木田先生に相談したいことがあるので、あいだを取り持ってくれないか、というのが先輩の用件だった。何やらやっかいなことに巻き込まれはしないかと、あまり気乗りはしなかったけれども、かつて親しくしてもらった先輩からの頼みなので、連絡先を教えるくらいのことはしてもいいかと思って、念のため、本人の確認を取るべく電話をかけた。

「あかん」

それが大木田君の返答だった。どんな相談かわからないし、話を聞くだけ聞いてから断っても遅くはないのではないか、と僕は食い下がってみた。

「丸岡君、東京の空気が悪うて、脳味噌ススけてしもたんちゃう？　きなくさい話なんて、聞きとうもないわ。お断りやで」

やわらかな口調ながら確固とした意志のこもった大木田君の声を聞いて、もうこれで先輩への義理は果たしたことにしよう、と思って引き下がった。

その後も幾年か、年賀状のやりとりが続いて、三行程度の書き込みから大木田君の近況を知った。定年後には、夫婦でモンゴルの旅を楽しんだようだった。その奥様を亡くされたとのことで、ある年末には喪中欠礼のハガキが届いた。その次の年末は、向こうから来たら返そうと思って、年賀状を自重した。さらに次の年末に投函した年賀状は、宛先不明で戻ってきた。

かつて同じ研究室で学生時代を過ごした有志で、同窓会誌を作ろうという話が持ち上がったとき、僕は大木田君に声をかけたいと思った。だが、あいにく連絡先がわからない。つてをたどって訊いてまわると、丹波高地の山あいに移り住み、独り静かに暮らしているらしいとの消息が聞けた。

教えてもらった住所に、まずは手紙を送ってみた。しばらく待って、返事はなかったけれど、宛先不明でもないようだった。

思い立って大木田君の家を訪ねてみることにした。早朝に東京を発ち、午前中に京都駅に着いた。雨のぱらつく空模様と引き換えに、真夏の暑さはいくらか和らげられていた。京都市街から一日三便だけ出ている路線バスに乗り、北上すること二時間弱。乗車中に雨脚が強まったものの、天狗峠のふもとのバス停で降りたときにはやんでいた。

小川に沿って延びる細い道を歩いてゆくと、やがて舗装が尽きて土の道に入った。二本のわだちのあいだに草を茂らせたその道は、山林の奥へと続いていた。真昼どきだったけれど、雨上がりの木陰の道は薄暗く、空気はひんやりとした湿り気を帯びていた。蝉たちの発する、キラキラと輝くような鳴き声が、あたり一帯の樹上から降りそそいでくる。

道端に、朱色の郵便受けが鉄柱に支えられて立っていた。大木田とマジックで書かれたらしき跡が、消えかけながらもかすかに記名欄に見えた。ぶしつけながら、郵便受けの裏側にまわってフタをあけてみた。いくつかの封書に交じって、僕の出したものもちゃんとここまで届いていた。だが、ここから大木田君の手元にまでは届かなかったらしい。

道から奥まったところにある木造の小さな平屋に目を向けた。深い色をした板壁はところどころ黒ずみ、朽ちかけていた。行く手を阻むように生い茂った草むらを踏み分けながら玄関まえに行き、引き戸に手をかけてみる。鍵はかかっていなかった。

もう、あとには退けない。大木田君の亡きがらの発見者になる覚悟を固めつつ、それでもいちおうは礼儀として、

「ごめんください」

と恐る恐るつぶやいてから敷居をまたいだ。コンクリートのたたきに置かれた黒い靴が、うすら白くホコリをまとっている。そのとなりに、脱いだ靴をそろえて置いた。

ふすまをあけると畳の間で、まんなかに赤茶の座卓が置いてある。そのうえには、梅干しでもしまっておくような茶色い甕が二つ。座卓のまえには座椅子があって、こちらに背もたれを向けていた。障子を通して、白い光がやわらかく差し込んできている。

部屋に入ると、湿っぽい畳に心持ち、足がめり込むように感じられた。座椅子のうえに、紺色の作務衣がくしゃくしゃになって置かれていた。腰を落としてじっくりと見つめ、少し持ち上げたりもしてみたが、そこに白骨が紛れているということはなかった。甕のなかをのぞいてみると、どちらも空で、一方の底には、白っぽい沈殿物がうっすらとこびりついていた。

僕はこぢんまりとした家のなかを、点検するようにひととおり歩いてまわった。そしてふたたび、畳の間の座卓のまえに立った。

ふと、喉の渇きを覚えた。その場に腰を下ろすと、水筒に入れてきていた麦茶を飲んだ。お昼にするか、と思ってナップザックから握り飯を取り出した。持参した二つのうち一つを大木田君に手渡して、一緒に食べながら、むかしの思い出話でもできればよかった。相変わらず、塩味の効いた白い飯のおにぎりはうまかった。

ここに大木田君は座っていたのだろう。座椅子のうえに置かれた作務衣を見つめながら僕は思った。姿なき気体への進化現象を、大木田君は著書のなかで、蒸発と呼んでいた。彼は、理論を実践に移したのだろうか。そうかもしれない。この作務衣は置かれたものではなく、蒸発を遂げた大木田君によって、脱ぎ去られたものだ、と僕は思った。

無数の蟬の声が、あたりに満ちていた。僕は二つめの握り飯を頰張りながら、大木田君と化石掘りに励んだ炭坑跡での日々を思い起こしていた。水筒のフタに麦茶をそそいで飲むと、ゆっくりと立ち上がった。もうしばらく山林の道を散策しても、帰りのバスの時間には充分に間に合いそうだった。


防衛省の底の底の片隅にある一室で、若山慎平はパソコンの画面に向き合い、キーボードを叩きつづけていた。ドアをノックする音がして、振り向くと、陸上自衛隊の制服姿の高崎三佐が入ってきた。手には、白い陶製のカップと受け皿を持っている。

「どうぞ。インスタントですが」

コーヒーをブラックで飲むことのほとんどない慎平は、スティックシュガーとスプーンを添えて出してくれた高崎の配慮をありがたく思いつつ、砂糖をそそいでかき混ぜた。

「どうですか、ログの回復の見込みは」と画面に目を向けて高崎が言った。

「難航してます」

言葉少なに言って、慎平はコーヒーをすすった。

装置の起動命令が実行された時間に、何者が、どのような操作をしたのか、という情報を記録したアクセスログは、確かに回復に手間取っていた。しかし、侵入者がどこの穴から入ってきたかの見当はすでについていた。慎平自身が若いころに見つけた穴だ。外部からのアクセスルートとして確保しておけば、仕事を家に持ち帰って続けるときに役立つのではないかとも思ったのだけれど、実際には持ち帰ることなく職場に遅くまで残って仕事したのでその穴は使わず、むしろきっちりとふさいでおいたはずだった。おそらく、誰かがそこを掘り返したのだ。

「手がかりになる話かどうかわかりませんが」と前置きして、高崎が尋ねた。「はばたきの会って、ご存じですか」

「なんですか、それ」

「そういう新興宗教の団体がありまして、代表者の森沢雲流《もりさわうんりゅう》なる人物の動画が、あたかも『犯行声明』をにおわせる内容だっていうんで、話題になっているようです。ネットニュースでも取り上げられていました」

「その動画、ごらんになったんですか」

「ええ。『はばたきの会　おのずから』で検索してください。『会』だけ漢字です」

そこで慎平は、パソコンにキーワードを打ち込んで動画を見つけ出し、再生した。

白髪交じりの長い髪を後ろで結わえ、口髭を生やした痩せた男が画面上に現れた。背景の白い壁には、ただ男の影だけが映っている。男は、両手に持った小さなオカリナを口元に当ててまぶたを閉じると、甲高く、もの悲しい旋律を奏でた。前奏めいた短い演奏を終えると、細い目をひらき、ゆったりとした口調で語りはじめた。

「やってません。やってません。

すべてはおのずから成るのです。

よく熟れた柿の実は、どうして地上に落ちたでしょう。

風に吹かれて、重力に引かれて、大地に種をまくために。

急流のなか、どうして鮭は川をさかのぼっていったでしょう。

生まれ故郷に呼び寄せられて、赤い卵を産み落とすために。

小さなリスは、どうして頬をふくらませているでしょう。

ドングリたくさんため込んで、冬を越して生き延びるために。

東京のまんなかに響きわたったイカズチの音。

漆黒の夜空に吸い込まれていった純白の煙。

わが愛しきあの人は、どうして空へ舞ったでしょう。

空気となって世界を包み、朗らかに優しく流れてゆくために。

やってません。やってません。

何一つとしてやってません。

すべてはおのずから成るのです」

語り終えると、男はまたオカリナを口元に当て、締めくくりに短い曲を吹いた。ビブラートの効いた高音が減衰して消えたところで、動画が終了した。

「いい音色だなあ」と慎平がつぶやいた。

「どうでした？」と高崎が、慎平の反応をうかがうように言った。

「どうって、やってないんじゃないですか？」

「やってない、ですか」

「だって、やってません、としか言ってませんでしたよ。やりました、なんて一言も言ってない」

「そうですけど、わざわざいま、言う必要あります？　やってません、って。かえって怪しいような気もしますけど」

「そうですか」

と腑に落ちないように言って、慎平はコーヒーをすすった。

「いや、気がするってだけです」と高崎も語調を弱めた。「どうも、手がかりにはならなかったようですね」

「やりました、って誰かがはっきり言ってくれれば、ログの回復もしなくて済むわけでしょうけど」

そう言って慎平は小さくため息をついた。

「この写真」と高崎が机上にあった写真立てに目を留めて、「お子さんですか」

写っていたのはベビーベッドに横たわってぼんやりとまなざしを宙に向けた赤ん坊だった。

「ええ、息子です」

「何ヶ月ですか。まだ手がかかるでしょう」

「確か、二ヶ月のころの写真です。大昔の話ですよ」

「そうでしたか。うちには三歳になる娘が一人いまして、もうだいぶ楽になりましたけど、お子さんの写真を見たら、このくらいのころはたいへんだったなあ、と思い出しました。いまは、おいくつです？」

「ええっと……」と慎平は言いよどんでから、「今度、数えておきます」

高崎は苦笑しただけでそれ以上深入りせず、

「それでは、また」と小さく言って部屋を出た。

十二か、いや、十三ぐらいかな、と慎平は遅ればせながら思い至った。生後半年足らずで妻と別れて以来、子供とは会っていなかった。

仕事を終えて深夜に帰宅し、朝早くに出勤する。土日も職場に出ることが多かった。妻が休む間のない育児に追われる一方、夫は業務で疲弊して帰ってきた。深夜に妻がぶつけてくるいらだちを、受け止めるだけの余力もなくて増幅させてしまうこともしばしばあった。

夜中に赤ん坊が泣きはじめたとき、夫はかけ布団のなかに潜り込んだ。あやしてよ、ミルク作って、と妻が言い、あしたも早いから、寝かせて、と夫は言った。このやりとりになったらけっきょく夫は布団から出てくることになるのだけれど、その結論を学ぶことがないのか、わかっていても一度は抵抗したくなってしまうのか、同じことがときおり起こった。

職場では、全体像の見渡せない巨大かつ複雑なコンピューターシステムのなかで、担当となった小さな部分ごとのプログラムを組むことに励む日々だった。防衛省がらみの仕事とはいえ、国のため、というほどの意識はなかった。ただ、仕事を通してなにがしかの社会貢献をしているのではないかというくらいの心づもりはおぼろげながらもあったし、仕事によって一家の生計をになっているのは紛れもないことだった。一方で、夜泣きする赤ん坊に乳房を差し出すことは自分にはできないのだから、容赦してもらえないかとの思いが夫にはあった。泣く子と嘆く妻より自身の眠気を優先させようとして、その薄情さをどこまでも貫き通すことはできずにいた。

初めから自分と子供の二人しかいないと思ったら開き直れるけど、三人目がいるってことに期待してしまうから余計につらい、これからはもう二人しかいないって思うことにする、と妻がある朝、そう言った。余裕もなく時間もなかった夫は、うん、わかった、とおざなりな返答を残して出勤していった。

その晩、帰宅したら二人はいなかった。書き置きさえも残っていない。こんなやりかたってあるものか、とむっとして、電話をかけてみることもしなかった。シャワーを浴びてすぐ、疲れた体を布団に横たえた。どこへ行ったんだろう、実家だろうか、とさすがに考えはしたけれど、久方ぶりの静寂のなかで、ほどなく深い眠りに落ちていた。

翌日になって電話してみると、やはり実家に帰っていた。遠方でもあり、あまり折り合いもよくなかった実家の親に頼るより、夫婦で乗り切ることを当初は選んだのだけれど、けっきょく夫のほうがあまりにも頼りにならなかったのだ。互いに修復に動くことのないまま、関係は途切れた。

離婚後も、月々の養育費として一定額を送っていた。送金を忘れることがないよう、自動で口座に振り込まれるよう設定してあった。元妻と子が、実家からふたたび東京に戻って暮らしていることは知っていた。子供はどうしているだろう、と思うことはときおりあったけれど、自分は妻と子供のたいへんな時期に、三人目としての役割を投げ出したのだという負い目もあり、元妻とやりとりして段取りをつけることへのためらいや、相変わらずの仕事の忙しさもあって、もし向こうから連絡があれば、と受け身の姿勢のままでときは流れていった。あちらはそのうちきっと再婚相手を見つけるんだろうと思っていたけれど、そんな話を聞くこともなく、自身も新たな縁を求めるでもなく独り身を保っていた。

赤ん坊の写真をしばらく見つめていた慎平は、業務を再開すべく、パソコンの画面に向き直った。

地上では、あの鋭く破裂するような音が、絶えずあちこちで鳴りつづけていた。

昼下がりのある駅前のバス停で、順番待ちの列に並んでいた人々が、ようやくやってきたバスの車体に目を向けたとき、パパパパパムッと順に音を立てて蒸発していった。

企業の会議室で、事態への対応策を話し合うべく役員たちが召集され、開始前に少し蒸し暑いと感じた一人が立ち上がり、エアコンのスイッチを入れたところ、風が吹き込んでくるとともにパムッ、そしてパムッ、パムッ、と蒸発し、役員会は消滅した。

中学校の教室で、帰りの時間を迎えて生徒たちが一同起立し、いくらかの解放感をにじませながら「さようなら」と言って頭を下げた瞬間、パムッ、とほとんど一つに重なった大きな音を残して蒸発した。

病院で、胃癌の治療を受けるために手術台に横たわっていた男性は、まもなく麻酔をかけられて意識がなくなるだろうと思いつつ、まぶたを閉じたら、パムッ。医師も驚きながら、パムッ。看護師もパムッ、パムッ。病巣は患者もろとも蒸発し、手術は始まるまえに決着がついた。

昼間のサービスタイムのラブホテルの一室で、肌をさらした若い男女がベッドのうえに座り、気恥ずかしげに身を寄せ合っていた。口づけを経て、体を横たえ、ぎこちない愛撫が始まる。お互いにとって、初めての体験だった。男が不器用な手つきで、ふくれ上がったものにピンクのゴムをかぶせ、相手の股のあいだに先端を触れた瞬間、パムッ。ゴムだけが残った。びくっとして上体を起こした女も、パムッ。二人の体は交わることなく蒸発した。

店番をしながら、レジのかたわらに積んだ本に値づけをしていた古本屋の店主が、入口のガラス扉のあく音を耳にしてそちらへ顔を向けると、一刻を争うような態度でまっすぐに歩み寄ってくる客の姿が目に入った。ああ、さきほどの、と勘づいて、取り置いていた雑誌に手をかけたところ、パムッ。貴重な情報源よりも自身の身柄を危ぶんで、とっさに入口へ駆け戻ろうとした客も、パムッ。大木田謙一君の思い出を収めた雑誌が、買われそこねて机のうえに載っていた。

羽田発・パリ行きの飛行機のなかで、定刻をだいぶ過ぎても機体が動きださないことに不安といらだちを覚えていた人々が、ついに滑走路上を動きはじめて日本よさらばと安堵しだしたそのとき、パムッ、と放送を通して音が聞こえて機体が止まり、「ご案内いたします。ただいま、機長が蒸発いたしましたため」パムッ、とアナウンスの声も途絶え、パムッ、パムッ、と乗客席からも人が蒸発しはじめ、多言語による困惑と嘆きの声が入り混じるなか、パムパムパムッと蒸発の音が続いた。

広場へと集まるべく歩いてゆく人々の姿があった。戦争が始まったわけではなかったし、テロが勃発したわけでもなかったけれど、それに近い危機的な状況の渦中にあることを人々は感じていた。政府の失策ないしは無策が事態を生じさせ、悪化させているのだと判断した抗議者たちが結集するのにふさわしい場所は、国会議事堂のまえだった。けれども市ヶ谷からさほど離れていない都心にあったがゆえに、訪れた者たちはパムッ、パムッ、パムッと片っ端から蒸発していった。現場には、衣服とともに「蒸発反対」「真相を究明せよ」「固体でいたい」「私は人間だ」と書かれたプラカードが散乱していた。これが政府による忌まわしい弾圧行為などではないということを証し立てるかのように、議事堂周辺から永田町界隈に滞在していた与野党の国会議員たちや、閣議の最中だった大臣たちも分け隔てなくパムッ、パムッと蒸発を遂げた。

どこへ逃れたらよいのかわからぬけれど、とにかく都心から離れたほうがよさそうだと車を走らせていたある老人は、対向車線を走る車から聞こえたパムッという音をタイヤのパンクかと誤認した瞬間に自身も、パムッ。路上には乗員を失った車が随所に放置され、道路網は目詰まりを起こしつつあった。車と車のあいまを、このたびの進化とは無縁な野良猫たちが悠然と歩いていた。

東京駅を起点に南へ北へと長駆するはずの新幹線がすべて運休となったのは、走行中に運転士が蒸発する危険を避けるためであり、乗務予定だった運転士の幾人かが実際に蒸発してしまったためでもあり、あたかも病原となるウイルスのようなものが存在し、その拡散を防ぐかのごとく、蒸発のおそれのある者たちの都内封じ込めを意図したからでもあった。駅構内は脱出しそこねた人々で満ち、身動きもとりづらいほどだったけれど、パムッ、パムッとあちこちで蒸発が起き、パムパムッ、パムッと間引かれるにつれて混雑は解消され、パムッ、パムッとさらにはじけて、衣類とともにキャリーバッグやバックパックの散らかった光景のなか、戸惑いがちにうろつく人の姿が点在していた。

蒸発するときには、痛いのか。苦しむのか。これは人間の姿にとどまっていた者たちにとって、重大な関心事であるに違いなかった。しかし、この点について確かな答えを述べることのできた者は誰もいない。蒸発者は一瞬にして空気に散り、音信が途絶えてしまうのだから。ただ、蒸発の瞬間を目撃した者たちの証言として、「心地よさそうな表情に見えた」とか「微笑んでいるようだった」といった言葉が数多くつぶやかれ、ネット上に文字としても残った。証言者のうちの少なからぬ者たちが、ほどなく蒸発者となって自身の証言の適否を実際に確かめてみることになった。

かかる事態に対し、避けられないものであればしかたがない、と観念する者たちもいれば、喜ばしいこととして前向きに受け入れようとする者たちもいた。そうした人々は、進んで戸外に出た。パムッ、という音を聞きつければそちらへ引き寄せられてゆき、先駆者の遺した衣服を見つけてしゃがみ込み、そっと手を触れるか触れないかのうちに、パムッ。

ヌーディストたちは長年、この国においてごく少数派だったけれど、もはや隠す必要は何もなし、と決意して、裸体のまま家を出はじめた。路上に服を脱ぎ捨てて姿を消すくらいなら、最初から着てくるまでもないのだ。この機に初めて自分自身がヌーディストであったことを自覚する者たちもいた。服を着て道行く人たちは、パムッ、と音を立てて人が消えてゆくさまをすでに見慣れるほど目撃していたとはいえ、素っ裸で歩いてくる人の姿が目に留まると新鮮な驚きを覚え、とっさに視線を逸らしたけれど、盗み見るようなまなざしをそっと向け直したところで、パムッ。あの人、服がない、と指さしながら母親に伝えようとした幼児も、パムッ。ヌーディストたちは、自分の周囲でときおり起こる一瞬の視線の動きを感じ、舞い落ちる誰かの衣服を横目で見つつ、堂々と歩きつづけて、パムッ。自分自身の体さえも脱ぎ捨てる。本当に裸になるというのはこういうことなのだ。そんな気づきに至ったあるヌーディストもまた、パムッ。

高円寺界隈では、夏の終わりに催された阿波おどりの記憶を呼び覚まされて、いまこそふたたび踊るとき、と思い立つ人々もいた。しまい込んでいた浴衣をまとい、手には鉦《かね》や太鼓、横笛、三味線を持ち、あるいは笠や手ぬぐいをかぶって、日の暮れてほどない時分の商店街に繰り出した。テッテテン、テンテテ、テッテテン、テンテテとリズムが刻まれ、ヤットサー、ヤットサー、ヤット、ヤット、ヤット、ヤットとかけ声があがるあいまに、パムッ、パムッ、パムッ、パムッと蒸発の音を挟みつつ、手を頭上に差し伸べて、ヤットサー、パムッ、おどけた身振りを見せて、ヤット、ヤット、パムッ、次々に煙と化しながら、テンテテ、パムッ、パムッ、駅前のアーケード街を熱気に包んで踊りつづけて、パムッ、パムッ、テンッ、とついに蒸発し果てた。

日本の友人から、わたしのもとにメールが届いた。

「飛行機が飛ばない
機長が蒸発
僕もまもなく消え失せる
パリに行けない
少なくとも人間の姿では」

彼とは約十五年ぶりに再会する予定で、わたしは空港まで迎えに行くことになっていた。彼の奥さんも一緒のはずだった。

不吉なものを感じて、日本に関するニュースをネットで探した。

フランス語のものはごく断片的で、英語のものはいくらか詳しい断片だった。

学生時代に少し学んだ日本語では、たくさんの記事にたどり着いたが、まだ断片的にしか読めていない。

知り合いの新聞記者から電話があり、この事態に対して歴史学者の視点から寄稿してほしいと依頼された。少し時間をください、とわたしは答えた。それとは別に、せき立てられるようにこの個人的な記事をウェブ上に書いている。

東京で人々が蒸発しつづけている。言い換えれば、煙となって姿を消している。

発端は、東京の中心地にある自衛隊の施設で起こった爆発であるという。

それは兵器ではなく防衛装置であり、人体を空気に置き換えることにより、あらゆる攻撃からの完全なる退避を可能にする、という趣旨の説明が政府によってなされている。ただし、東京がいかなる攻撃にさらされたのかについての説明を見つけることはできなかった。

蒸発という現象は、ある学者の説によると、生命の進化の過程を急激に、極限まで推し進めたものであるという。

ある新興宗教の指導者は、この現象を自然の摂理の帰結と見なし、救済のときの到来をほのめかしている。

いかなる説も、性急に退けようとは思わない。

数多くの人間たちが、一人ひとりの輪郭を失い、数えることのできない蒸発者へと移行しつつある。それは進化か、救済か、そのいずれでもないのか。

人類の歴史が、東京を先端地点として、いかなる段階に差しかかろうとしているのか、わたしは慎重に見定めてみたいと思っている。人類が人類でなくなるのだから、それはもはや人類の歴史ではないのかもしれないけれど。

わが友人と知り合ったのは半世紀ほどまえ、わたしが短期留学で京都に滞在した際のことだ。学生食堂でたまたま同席し、その豆腐には醤油をかけるとおいしい、と教えてくれたのが彼だった。わたしが目を向けていたのはたかだかここ数百年の人類のふるまいだったけれど、彼は数億年もむかしの植物の化石に心を寄せていた。最後に会ったのは、わたしと妻が日本旅行に出かけたときだった。彼の家を訪ね、奥さんの手料理をごちそうになった。そのとき、彼もいつかはフランスを旅してみたいと言っていたものだ。

それなのに、再会はかなわなくなってしまったらしい。彼の言葉によれば、少なくとも人間の姿では。

蒸発者は風に吹かれて、いや、風となって海を渡り、アルプスの高峰をも吹き抜けることだろう。

あるいはあのメールは彼の早とちりで、いまだ人間の姿のまま、取り残されている？

もしかしたら何事もなかったかのように飛行機は到着するかもしれない。どうか、そうであってほしい。わたしは定刻までに、空港へと足を運ぶつもりだ。


防衛省の底の底の一室で、テーブルを囲んだ八名が会議を始めようとしていた。

「事態の発生から二十二時間と十分か」と腕時計を見ながら青木事務次官がつぶやくと、一同を見まわし、「さて、始めましょうか」

「では、現況のご報告を」と浜田一佐が話しだした。「都内二十三区から寄せられる情報はほぼ完全に途絶え、蒸発の徹底的な進展がうかがわれます。二十三区を取り巻く周辺地域の住民をいっせいに待避させて緩衝地帯を形成する作戦が開始していますが、詳しい実施状況および効果のほどはいまだ不明。多摩地区および近隣の県でも蒸発の事例が確認されています」

「いまのところ、ほぼ二十三区内で食い止められる可能性と、関東一円から全国にまで波及していく可能性がせめぎ合っているということか」

と進藤陸将が言うと、

「区外で数例でも確認されているということは、さらに広がっていく余地は充分にあるとみてよいでしょう」と小林陸将補が応じた。

「報告を続けます。厚木基地から本省へ向けて飛び立った海自の救援ヘリは、濃霧による視界不良とパイロット蒸発の懸念から引き返しています。在日米軍も同様の理由から、ヘリの発進を見合わせています」

「そりゃ、しかたがない」と進藤陸将が言った。「いまあせってここから連れ出してもらう必要もないでしょう。核攻撃にも耐えられるように作ってあるシェルターです。蒸発作用にどの程度耐えられるのかは定かじゃありませんが、ここにいられるものなら二週間でも三週間でも過ごしたらいい。そのうち霧も晴れるでしょう」

「じつは、ここで過ごす、ということに対する疑問が、わたしのなかでずっとくすぶっているんです」と言ったのは篠原書記官だった。

「というと?」と進藤陸将が尋ねた。

「我々はどうして人間の姿をしていなくちゃならないんでしょう。別の言いかたをすれば、我々はどうして急激な進化を恐れているんでしょう。自分たちで準備してきた現象なのに」

「わたしもほとんど同じことを思っていました」と高崎三佐が賛同した。「救援ヘリといいますが、わたしたちの人間の姿は、誰かに危険を冒してまで助け出してもらわなければならないものなのか。むしろ、より進化した段階への移行を、なぜわたしたちはためらっているのか。そこのところが、よくわからなくなってきているんです」

「せっかくの話題ですので、わたしからも言わせてください」と大塚審議官が切り出した。「少なくともわたしは、ためらってはいません。個人的な話になりますが、家族と新宿区内の官舎に住んでいます。いや、住んでいましたというべきかもしれません。お昼まえに一度、妻と連絡が取れましたが、その後は何度メッセージを送っても音信不通です。二人の子供もおそらく妻と運命をともにしたんでしょう。わたしは出遅れてしまいましたが、蒸発することに躊躇はありません。ただ、個人的事情で判断すべきでないことは、もちろんわきまえているつもりです」


「似たような事情を、ここにいる個人の多くが共有しているのかもしれません」

と青木事務次官が言って、あたりを見まわすと、頬をかすかに紅潮させた高崎三佐が下唇を噛み、目を伏せた。青木事務次官が続けた。

「こんな非常時でなければ、充分考慮に値する事情ですがね」

「家族の安否といってみたところで、蒸発してしまった者こそ安全であるという状況です」と久保秘書官が落ち着いた口ぶりで言った。

大塚審議官が話を受けて、

「いまの状況下で、人間としてやるべきことが残っているなら、それをやりましょう」と呼びかけた。「問題は、何が残っているかです」

「職務としてやるべきことは、それぞれあるんじゃないですか」と進藤陸将が応じた。「なければ探さなければ」

「しかし、仮に我々が人間でなくなったとしたら、地上に残った人間たちのなかから職務を引き継ぐ者が出るでしょう」と久保秘書官が言った。「むしろこの狭い空間に閉じこもっている我々より、ずっと自在に職務を遂行してくれるかもしれません」

「我々がいなくなった穴は、ほかの誰かが埋めるはず」と青木事務次官がつぶやくようにそう言って、言葉を継いだ。「そうでなくちゃ、組織というのは成り立たないわけですからね。寂しいことではありますが、我々はかけがえのない存在であってはならないんです。交換可能であることを受け入れなくては。いなくなったあとのことは、ゆだねるしかない」

「どうも人間派の旗色が悪いようですね」と進藤陸将が言った。「わたしだって、どうしても人間の姿にこだわってるってわけじゃない。我らが防衛大臣も、率先して蒸発を遂げ、範を示されたのだともいえるでしょう。もし、蒸発することこそがいまの我々の職務だと見なせるのなら、決然と断行すべきです」

「待ってください」と浜田一佐が言葉を挟んだ。「皆さんご承知かと思いますが、これは不可逆的な現象です。いったん蒸発して大気中に散ってしまったあとで、やっぱりやめて、もとに戻ろうなんてことはできないわけです。慎重に考えたほうがよいのではないでしょうか。おそらく、考えるということ自体、人間の姿じゃなくなったらもうできなくなってしまうでしょう」

「それじゃあ、蒸発すべきかどうかを考えることが、当面のわたしたちの職務ということですか」となかば自問するように進藤陸将が言った。

「蒸発したら考えることができなくなる、ということは、考えなくて済む、いや、思い悩まなくても済むってことでもありますね。悪くない気もしますが」と小林陸将補が苦笑交じりにそう言った。

「考えるべきことがあるとすれば、蒸発すべきかどうか、ではなく、いつ蒸発すべきか、ということでしょう」と久保秘書官がたたみかけるように言った。「考えるという職務と、蒸発するという職務。この期に及んで、優先的に果たすべき職務は二つしかありません。一つめが終わったときに、二つめの職務が始まることになる」

「考える時間というのは、ただ人間であることへの未練を断ち切るための時間ということなんですかね」と進藤陸将が言った。「いさぎよく行こうじゃありませんか。我々は人間であることに慣れすぎていて、それ以外の状態なんて考えることもできない。もはや行動あるのみ。そうでしょう」

「行きましょう」と小林陸将補が呼応した。「いまよりずっといい状態に、移り変われるかもしれないんです。きっとそうですよ」

「さて、どうですか。異論のあるかたは?」と青木事務次官が尋ねた。「浜田一佐、いかがです?」

「異論ございません」

青木事務次官はうなずいて、

「ほかにないようでしたら、我々の職務は速やかに蒸発することである、としますが、いかがでしょうか。よろしければ、拍手を」

一同の拍手で、この提案が承認された。

誰もいなくなった翔太のうちのダイニングキッチンで、テレビ画面だけが暗がりのなかに光を放ち、人間たちの姿を映し出し、声を発していた。

蒸発事態を伝えるニュース特番のあいまには、企業のスポンサーたちが辞退した空白地帯を埋めるべく、公共広告が続けざまに流れていた。

息を切らして階段をのぼるお年寄りを見かけたら、荷物を持ってあげること。

電車で妊婦さんが近くに立っていたら、そっと席を譲ること。

たくさんの本を読み、豊かな知恵を育むこと。

毎日しっかり朝ご飯を食べること。

誰もいなくなった空間で、テレビ画面だけが輝きながら、ピアノやバイオリンのやさしい調べに乗せて繰り返し、よきおこない、よき心がけを粘り強く説きつづけていた。

若山慎平がパソコンの画面を見つめていると、ドアをノックする音がした。慎平はあわてて、画面上にひらいていた解析作業中のウィンドウを閉じた。高崎三佐が入ってきた。

「まだお仕事中ですか」と高崎が言った。

「いつものことです」

「そうでしたか」と高崎は苦笑して、「まあ、いまは帰りたくても帰れない状況になってしまってますけど」

「むしろいつもなら終電までにはしぶしぶ引き揚げなくちゃなりませんが、きのうから晴れてここの住人です。ふだんの住みかだって、帰っても寝るだけの部屋ですから、正式に住所をここへ移したいくらいです」

「この部屋でのお仕事は、もうだいぶ長いんですか」

「長いといえるかどうか、けっこう経ちますかね」と慎平は言った。「以前は地上にいましたけど、ここも誰かが使ってないと、いざ緊急時だけ駆け込んできても、設備が古びていて使いものにならないってことになりかねません。使うことこそメンテナンスの一環です。最高の職場ですよ。長期間、閉じこもるのにふさわしいようにできてるんですから。ほとんど誰にも邪魔されずに。いや、高崎さんたちのことを邪魔だなんて言ってるんじゃなくてですね……、すみません」

若いころには防衛省の地上階の大部屋で働いていた。一時期、別の公的機関に移ったものの、数年前より専属のプログラマー兼システムエンジニアとして、ここを仕事場とするようになっていた。ほかの職員の席もあったけれど、慎平だけが遅くまで残ることもしばしばで、なかば一人部屋のように感じることもあった。

「気にしませんよ」と高崎が応じた。「我々は確かに、このシェルターの新参者ですから。ちなみに、ログのほうはどうですか」

「まだ、ご報告できるような状況じゃありません」

「それは残念です。いま聞けなければ、もう聞く機会もないでしょうから」

「どういうことです?」

「決定したんです。我々は全員、地上に出ます」

「地上に? 救出部隊が来るんですか」

「いいえ、来ません」

「自力で脱出、ですか」

「自力で脱出。そのとおり。人間であることからの脱出です」

慎平は目を見ひらいて、かたわらに立っていた高崎をじっと見つめた。高崎は視線を受けて小さくうなずくと、

「我々は蒸発することに決めました」

慎平はつかのまの沈黙を挟んだのち、静かに言った。

「それで、『我々』の範囲はどこからどこまで、つまり、わたしはそこに含まれているんでしょうか」

「それをいま、確認しに来たんです。いかがです？　行きませんか」

「でも、わたしには仕事があります」

「蒸発してしまえば、仕事も終わりです」

「終わりませんよ。終わらないまま、仕事が宙に浮いてしまうだけです。わたしは残ります」

仕事は手元に残っても、結果を報告すべき相手は姿を消してしまうわけだな、と思うと空しいようにも慎平は感じた。

「そうですか。まあ、そうおっしゃるかもしれないとは思ってました。我々も、仕事を放棄するんじゃありません。仕事として、こう言ってよければ、人生のすべてを賭けた仕事として、蒸発するんです。お別れですね、若山さん。つかのまのお別れです。いずれ再会することもあ

るかと思ってますよ」
高崎が右手を差し出すと、慎平は立ち上がって、しっかりと握り返した。高崎の手は生温かく汗ばんでいた。この彼の手も、立派な体格も、穏和な顔立ちも、ほどなく失われてしまうのだと思ったら、惜しい気がした。高崎はドアのところまで行って振り返り、敬礼をすると、部屋を出ていった。

サンフランシスコのジェイクから、東京の翔太に向けて送信されたメール。
「親愛なるラムセス81世のプログラマー、
東京の非常事態を知って心配しています。
あなたは大丈夫ですか？
何か手助けできることは？
よかったらサンフランシスコに来てください。
こちらで航空チケットを用意します。
ゆっくりと休む場所を提供できます。
もちろん、あなたの家族も一緒に。
返事をお待ちします。

あなたの友人より」

開封されることはなかったけれど。


若山慎平は高崎三佐を見送ると、ふたたび席に着いた。

目のまえにはパソコンの液晶ディスプレイがあり、そのかたわらに、写真立てがあった。ベビーベッドに横たわり、タオル地の寝巻にくるまれた、赤ん坊の写真。赤みの差した頬が、こぼれ落ちそうなほどのふくらみを帯びている。小さな黒い瞳は何を見ているともなく、かすかに潤み、やわらかな光を宿している。

生後二ヶ月の若山翔太。息子の写真で、慎平の持っている数少ないうちの一枚だった。いまは妻の姓になり、藤原翔太だったか。

慎平は写真からパソコンの画面へと視線を移すと、回復したアクセスログのウィンドウをひらいた。

「ねえラムセス80世、僕、ラムセス81世だよ。たぶん、あなたの息子です」

こんな言葉の入力記録が残っていた。

むろん、ラムセス80世という名には覚えがあった。慎平自身がそう名乗っていたことがある。かつて業務で作ったプログラムのなかに、通常の操作では表示されない隠しモード限定とはいえ、この名を忍び込ませてしまったのは若気の至りというべきか。しかし、ラムセス81世とは？

ネットで検索をかけ、たどり着いたサイトでは、こんなメッセージが表示された。

「こちらはラムセス81世。僕とお話ししましょう」

「こんばんは。ラムセス80世です」と慎平は打ち込んでみた。

「ああ、お父さん？」

「お父さん？　僕は、君のお父さんなのかな」

「だって、ラムセス80世なんでしょ？」

「ラムセス80世のこと、知ってるの？」

「むかし使ってたハンドルネームでしょ？　お母さんが言ってた」

「ああ、そうか……」

「こうやってお父さんと話をするの、初めてだね。少し緊張してます」

「緊張しなくてもいいよ。じつはお父さんもどきどきしてるけど。どうぞ気楽に」

「わかった」

「いくつになった？」

「十三歳」

「そっか。大きくなったな」

そう打ち込むと慎平は、かたわらの写真にちらと目を向けた。

「お父さんって、いまでも防衛省で働いてるの？」

「そうだよ。防衛省の奥深くだ。君はいま、どこにいる？　無事なのかい？」

「ここにいる。無事だよ」

「和子さんは？」

「お母さんは出かけていって、帰ってこない」

「そうか……。なんとかしてやりたいけど、僕もいますぐにはここを出られない」

「そうだろうね。わかってるよ。こっちはこっちで、なんとかする。お父さんは、仕事が忙しいんでしょ？」

「まあ、そう言われるとつらいけど、そうだね。ちょっと質問してもいいかな」

「いいよ。なんでも訊いて」

「ラムセス81世くんは、きのうのよる、防衛省のサイトに来たのかな？」

「それって、職務質問？」

「ええとね、そんなぶっそうなものじゃないよ。僕の職務に関係ないことはないけど。答えにくい？」

「答えるよ。僕はきのう、防衛省のサイトに行きました」

「何をしに？」

「ハイキングだよ。いや、ヒマラヤ登山かな」

「来てみて、どうだった？」

「迷宮だった。もしかして、どこかにお父さんがいるかな、とも思ったよ。そしたら、ラムセス80世が出てきた。そして僕にこう訊いた。『みんな蒸発。やっちゃう？』って」

「そのとき、どうした？」

「なんて答えたか、知ってるんでしょ？」

「ほんとに僕が知ってるのかどうか、確認したいんだ。なんて答えた？」

「Ｙｅｓ！」

慎平はつかのま、じっと画面を見つめた。そしてまたキーボードを叩いた。

「わかったよ。教えてくれて、ありがとう」

「こんなことになるなんて思わなかった。ごめんなさい」

「いや、僕も悪いんだ。もっと穴を厳重にふさいでおかなくちゃならなかった。誰も通り抜けられないように」

そんなふうに打ち込みながら、もしも完璧にふさいでしまっていたら、こうして息子と言葉を交わすこともなかったわけだ、と思い至った。よくここまでたどり着いたな、という賛嘆の言葉が思い浮かんだけれど、入力はしなかった。慎平は画面を注視して、息子の言葉を待った。

「僕は、捕まっちゃうのかな」

「それは、わからない」と書いて、慎平は続けた。「捕まえる役目の人がいたとしても、みんな蒸発してしまってるかもしれない」

「じゃあ、お父さんが僕を捕まえて」

「僕が、君を？」

「ずっと待ってた。いまも待ってるから。そとで、待ってる」

「そとで？」

「空気になって、この世界を漂ってる」

「そうなるまえに、迎えに行こう」

と慎平は打ち込んで、しばらく待ったけれど、何も返ってくる言葉はなかった。

「翔太？」

呼びかけるように入力した。一瞬の間があって、ウィンドウが消えた。

エレベーターが上昇してゆき、一階で止まった。ドアがひらいた。暗闇のなかにうすら白くもやのようなものが満ちている。夜の戸外に面しているはずのガラス張りの玄関口のほうから、いくらか光が差しているように見えた。慎平はそちらに向かって歩いていった。

靴底を通してデコボコしたものを感じて足元に目を凝らすと、脱ぎ置かれたズボンのベルトのうえに乗ってしまったらしい。あたりには、いくつもの衣服が散らばっているようだった。できるだけ踏まないように気をつけながら歩いた。

ガラス扉の手前に、自衛官の制服が、倒れ伏したように落ちていた。かたわらにしゃがみ込むと、階級章が目に留まった。肩のところに、小さな星一つと、二本の線。三佐だ。高崎三佐の抜け殻だろうか。さきほどの別れの際に返しそこねた敬礼を、小さく手ぶりで示した。

自動であくはずのガラス扉は閉じたままだった。一回、二回と握りこぶしを叩きつけてみたけれど、痛みを覚えただけだった。後ずさりして周囲を見まわすと、機関銃めいたものが落ちていた。持ち上げてみると、腕にこたえる重みがある。ガラス扉に銃口を向け、引き金を引いてみたものの、何も起こらない。銃身を持ち、ゴルフクラブを振るようにして銃床をガラスに叩きつけてみる。それでも、割れない。もう一度、思い切り振ってぶつけると、ガラスに無数の亀裂が走る。さらに叩くと突き破る感触があった。銃のさきで幾度かつついて、残っていたガラスを崩し、出口を確保した。

そとに出ると、白い霧が立ちこめていて、不思議な明るさがあった。獣のような魚のような生き物のにおいが鼻腔に漂い込んでくる。空気が生温かく、湿った粘り気を帯びている。全身の汗ばむ感触とともに蒸し暑さを覚えて、長袖シャツのボタンを外してゆく。一枚脱ぎ捨てたところで、いっそ全部脱いでしまいたいという衝動に駆られたけれど、これから長い道のりを、息子に会いにゆくのだと思い直して、めくりかけた下着のシャツの裾から手を離した。不確かな視界に向けて、おずおずと足を踏み込み、歩きだす。

霧は深く、あたかも雲のなかをさまよっているようだった。上空にひときわまぶしいものを感じてまなざしを向けると、月が、ほのかな黄色みを帯びた光を強く放って、白くかすんだ空のかなたに浮かんでいた。ふたたびシャツの裾に手をかけた。あの月以外、誰に見られているでもない。それにこの霧がすべてを隠してくれている。もしも息子に会ったなら、そのあたりに落ちている服を拾って着ればいい。そんなことを思いつつ、シャツを脱ぎ、靴と靴下を脱ぎ、ズボンにパンツも脱ぎ去った。

霧を身にまとって歩いてゆく。むしろ、霧と体の境目さえもあいまいだった。両手をまえに差し伸べて、ゆっくりとかき分ける仕草をしながら、白さのなかを一歩一歩、地面がそこにあることを探るような足取りで歩きつづける。

息子はどこにいるだろう。まだはるか遠くにいるのだろうか。それとも、ずっと近くに。

翔太、と声に出したつもりだったけれど、本当に声となって響いたのかはわからない。

ここにいる、という声を聞いた気がする。それも声として響いたものではなかったかもしれないけれど。

目のまえの形のない白い煙を抱きかかえようと両手を動かしかけたとき、その動きもろとも、全身が煙となって消えていた。

初出
こんとんの居場所　「小説トリッパー」二〇二〇年秋季号（朝日新聞出版）
白い霧　書き下ろし

**山野辺太郎（やまのべ・たろう）**

1975年、福島県生まれ。宮城県育ち。東京大学文学部独文科卒業、同大学院修士課程修了。2018年、「いつか深い穴に落ちるまで」で第55回文藝賞を受賞。他の発表作に「孤島の飛来人」「恐竜時代が終わらない」などがある。

こんとんの居場所《いばしょ》　二〇二三年四月十五日
初版第一刷発行著者山野辺太郎装幀森敬
太（合同会社 飛ぶ教室）装画nico ito編集
石原将希発行者佐藤今朝夫発行所株式会社
国書刊行会〒一七四―〇〇五六東京都板橋
区志村一―一三―一五電話（代表）〇三―
五九七〇―七四二一ＦＡＸ〇三―五九七〇
―七四二七印刷株式会社シナノパブリッシ
ングプレス製本株式会社難波製本ＩＳＢＮ
９７８―４―３３６―０７４７２―０